HIJOS DEL ABISMO

PARTE I

HIJOS DEL ABISMO

PARTE I

CARLOS VALDÉS

ola
PUBLISHING
INTERNACIONAL

Hola Publishing Internacional
Eugenio Sue 79, int. 4, Col. Polanco
Miguel Hidalgo, C.P. 11550
Ciudad de México, México

Primera edición, abril 2025
ISBN: 978-1-63765-771-3

IN MEDIO STAT VIRTUS

A veces no nos percatamos de que no seremos, sino que estamos siendo. Entre nosotros no hay pasado ni futuro, sólo presente. En este momento estamos tú y yo; quien escribió la historia y quien la lee e interpreta, ambos producto de una compleja telaraña cósmica hecha de percepciones tanto individuales como colectivas. No hay tamaños, sólo unidad.

Este libro está diseñado para aquellos que nunca se han perdido porque jamás se han encontrado, para los que no se sienten vivos, pero lo están; para los que buscan respuestas; para los que quieren una buena historia de ciencia ficción. Habrá personas avanzadas en el entendimiento del "todo" y otras no tanto. Algunos conocerán el porqué del secretismo en ciertos temas, lo peligroso de ser un aventurero irresponsable en el estudio del ser, y estas palabras les resonarán como un eco que se expande por todo el Universo hasta llegar a su mente.

Los grandes maestros ascendidos, y algunos científicos, dejaron vestigios de sabiduría que nos han servido para imaginar y crear el mundo en el que vivimos: sus tecnologías derivadas, formas de vida y diferentes conceptos nos llevan a unos cuantos curiosos a hacernos preguntas sobre las fronteras dimensionales y existenciales.

Todos los seres humanos estamos iluminados porque estamos vivos, pero no todos hemos salido de la jaula, esa que es mental. Dedico este manuscrito a la humanidad entera para que rompa las cadenas y podamos llegar a ser esa unidad todopoderosa, explotar nuestro verdadero potencial como especie y planeta.

Todo indica, según yo y mis investigaciones, que he creado el "horror espiritual", un género que explora el miedo a seres extra dimensionales debido a la expansión de la consciencia y el máximo potencial humano, intelectual y espiritual. Si las neuronas tienen la misma forma que el universo, tengan cuidado con lo que reside en lo más profundo de la psique y el código genético.

Cuidado a quién le rezas.

C. Valdés

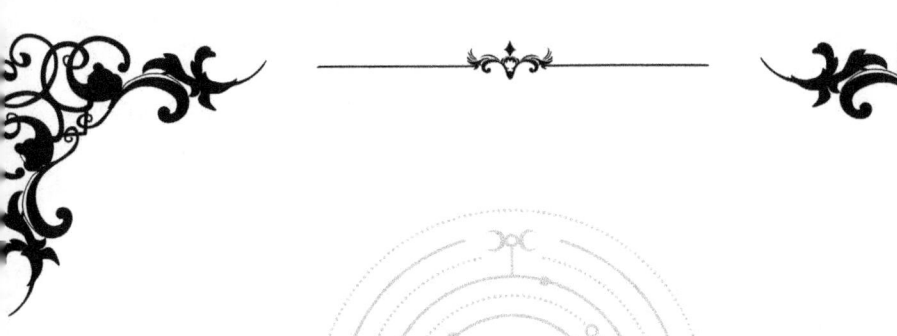

CAPÍTULO 1

L a noche se cernía sobre el mundo, más oscura de lo habitual, con una luna espectral que iluminaba con su fría luz los excesos de oscuridad. Dante, perdido en el caos de un club abarrotado, se sumergía en una espiral descendente de tragos y desenfreno.

El lugar estaba decorado con cuadros de ángeles y demonios, apenas iluminado por luces tenues que dejaban ver los detalles de las famosas obras de arte. Sin embargo, estas no eran pinturas al óleo ni esculturas de mármol, sino anuncios brillantes y en movimiento, similares a los de Las Vegas o Tokio. El club era un rincón olvidado por los hombres de bien, frecuentado por aquellos cuyas acciones eran más oscuras. Nada era lo que parecía en aquel lugar. La barra y las superficies estaban cubiertas de estampillas de bandas y grupos musicales que habían actuado allí a lo largo de los años, y los posters de los mismos artistas llenaban los rincones más lúgubres del local, creando una atmósfera opresiva y lujuriosa.

Las mujeres de la noche se paseaban con atuendos provocadores, extraños y extravagantes, buscando llamar la atención de los hombres perdidos en su propia miseria. El club temblaba periódicamente cuando el metro de Nueva York pasaba justo encima y aquellos valientes que se aventuraban a subir a la parte superior del club se encontraban con escaleras custodiadas por individuos oscuros que buscaban compañía en risas descontroladas, con la primera mujer que se encontraran.

Las miradas curiosas y hambrientas seguían cada paso, como si los guardias fueran un cuadro en una casa embrujada. El único consuelo en medio de aquel ambiente siniestro era el sonido del electro swing que intentaba nivelar la atmósfera cruel del lugar. Era una mezcla de orgasmos, excesos y características terroríficas como sacadas de un cuento macabro sobre el tiempo y el espacio.

En la entrada del club había un hombre sombrío que alejaba las miradas sospechosas, mientras que a la salida un hombre calvo de tamaño bíblico evitaba peleas en el callejón, asegurándose de que, cuando llegaban a pasar, fueran lo más injustas posibles.

En aquel rincón oscuro y enigmático, Dante se sumergía en una noche llena de excesos, donde la realidad se difuminaba y las sombras parecían cobrar vida. El club era un refugio para aquellos que se habían perdido en las tinieblas, un lugar donde nada era lo que parecía y donde la oscuridad y la lujuria se mezclaban en una danza macabra. En medio de esa pesadilla surrealista, Dante buscaba olvidar sus penas, pero lo que encontraba en la obscuridad, con el alcohol, eran pensamientos sombríos que alimentaban sus peores pesadillas.

Cuando llovía, las cubetas se convertían en las mejores amigas de aquel centro de las artes y de los actos vandálicos de la peor calaña. Aun así, ese lugar decadente era perfecto para dejarse llevar durante la noche. Sin embargo, ahora el escenario ya no albergaba a artistas en vivo, sino a un DJ con una máscara de gas, con luces y mangueras conectadas a una pipa gigante a su lado derecho, creando una atmósfera aún más surrealista y anormal.

Algunos hijos de la élite frecuentaban el lugar, ocultando sus rostros tras máscaras horribles, bonitas, irónicas, ingeniosas, provenientes de lugares remotos del mundo, cumpliendo así sus fantasías más oscuras, satisfactorias y siniestras.

—Oh, el bar Máster Caster. Me gusta que nada haya cambiado desde que abrió, James —dijo un hombre sentado en una silla, refiriéndose al dueño del bar, que lo acompañaba en la barra.

—Este lugar es un pedazo de historia, humilde cliente. El art decó nunca pasará de moda. Además, le da un toque sombrío. Si no fuera por los tipos que malgastan su fortuna en tonterías, no tendría cómo pagarlo —respondió James.

Un muchacho con chamarra negra, malgastada, de mirada oscura y hermosa, fumaba en el rincón más apartado de la barra, azotando la botella cada vez que daba un trago. Cada inhalación de su cigarro le traía recuerdos de su madre escribiendo con las uñas en las paredes de su casa. Con cada sorbo de alcohol resonaban los gritos desgarradores que salían de su cuerpo.

Ya era tarde.

—Tal vez mi familia sí está maldita después de todo —murmuró, sacando una foto de su madre y de su abuela. El joven tenía apenas veintisiete años.

Fue entonces cuando se percató de unas risas que resonaban al otro lado del bar. Johnny y sus matones no paraban de gritarle obscenidades. Eran los Border Mates, antiguos capos de la mafia cuyo centro de operaciones se encontraba en Manhattan. Se decía que cada tatuaje que llevaban simbolizaba a un niño de una familia importante que había fallecido por sobredosis tras pedir mercancía a este siniestro grupo.

Eran sumamente peligrosos. No toleraban que se les cuestionara. Ni siquiera el gobierno podía hacer justicia: estaban coludidos. Un fajo de billetes sucio, gastado y oloroso era suficiente para que toda la policía de Nueva York los dejara en paz.

—¡Eres una desgracia para la gente de esta ciudad, Dante! Tu apellido te queda grande —gritó Johnny, riendo sin parar y tirando la mitad de su trago, que se balanceaba como un loco.

El muchacho se dio la vuelta y los observó. Guardó las fotos en su cartera, pagó la cuenta, se quitó la máscara y salió del bar. Sabía que tenían razón y entrar en conflicto era algo tonto.

Mi familia. ¿Qué es mi familia? ¿Por qué no puedo salir adelante? Mi bisabuela Luciana era nuestro pilar. Fue una física nuclear que trabajó con el gobierno durante toda su vida. Ayudó a las mentes más brillantes de este país a "lograr" la bomba atómica. Mi abuela Alessia... era mi todo. Fue una actriz "de renombre", además de haber llevado el arte más fino en el siglo de oro de la comedia y el cine.

Sus cuadros valen una fortuna. Si se acaba mi herencia, espero que me aguanten un poco más para poder pagar este maldito alcohol.

Y mi madre... mi madre jamás superó la desaparición de la bisabuela Luciana. Al fallecer mi abuela, Madre comenzó con sus ataques de pánico, luego de psicosis, y no sé qué hacer, no puedo acceder al hospital psiquiátrico después de haberle gritado alcoholizado al doctor. Y yo... yo no he hecho nada de mi vida.

Los hombres de la familia Nikolaidis han seguido un patrón de desapariciones y muertes repentinas. Ni siquiera vale la pena mencionarlos, fallecieron justo después de abandonar a sus esposas.

Caminaré como de costumbre por esta maldita ciudad, pero eso sí, si los Border Mates vuelven a meterse conmigo, los castigaré, así sea lo último que haga. Ya tengo suficiente con mis pasatiempos. Jamás trabajaré para ellos, solo me gusta ese bar porque puedo esconderme de la prensa. Lo que buscan es deleitarse conmigo, burlándose y recibiendo ascensos por ponerme en los titulares.

Aunque la decoración de ángeles y arte gótico del lugar me ayuda a distraerme. Hay algo en ellos que me llama a la calma, pensó Dante harto de tan repugnantes hábitos. Además, Rocky y Gerard, sus amigos, no lo habían acompañado ese día; cualquier pelea hubiera terminado en una tragedia.

Dante caminó tambaleándose hasta llegar a su penthouse de Manhattan. Entró, saludó a su gato Atenea, se puso la pijama sin antes contemplar la brillante ciudad de madrugada desde su ventana, y se fumó su último cigarrillo.

—Es hora de dormir. Espero soñar con los ángeles que tanto me han abandonado —comentó en voz baja al apagar la música indie que tanto le gustaba y tomar dos pastillas para dormir. Con lágrimas en los ojos, pensó, *tal vez con esto acabe mi miseria por hoy. Perdónenme ancestros, perdónenme todos... ya no puedo más.*

Eran las tres de la madrugada y Dante dormía en su habitación, solo se escuchaba el sonido de su respiración cuando algo inusual ocurrió. La bocina de su equipo de música se encendió sola y comenzó a sonar una canción de cuna, con interferencias y una voz macabra, un mantra que resonaba también en su sueño.

A lo lejos un mandala de luz blanca se abrió en el cielo, de este salieron varias luces azules en forma de seres alados que formaron un triángulo en el firmamento, antes de que todo se volviera negro. Resonó una voz:

—Te estaba buscando—. Un ojo rojo, similar al de una serpiente, se abrió en la densa oscuridad.

Dante se despertó de golpe y tomó una libreta que tenía en su mesa de noche para anotar sus sueños. Tenía la mirada de alguien acostumbrado a las pesadillas, pero esta vez había sido diferente, lo sentía. Intentó calmarse y después de leer sus anotaciones decidió volver a dormir.

Dante soñó de nuevo, símbolos proyectados en la pared vinieron a su mente. Pudo ver a lo lejos a un hombre vestido como científico, en un sótano viejo. El hombre recitaba palabras en un idioma antiguo, moviéndose con delicadeza y fluidez mientras sus ojos azules se iluminaban. Mirándolo, le dijo algo que Dante no pudo entender.

En ese momento, los ojos de Dante también se iluminaron con una explosión de luz azul y regresó a la realidad de forma abrupta. Sorprendido, miró el antiguo librero que le había heredado su abuela. Estaba cubierto de sudor desde la frente hasta los pies.

Algo lo llamaba, como susurros que provenían de las portadas de los libros. Hasta que finalmente lo encontró: una vara metálica de aproximadamente treinta centímetros de largo y uno de ancho con símbolos extraños grabados en su superficie. Cuando Dante la tomó, la tormenta se intensificó. La mente de Dante estaba en un frenesí de búsqueda y descubrimiento, tratando de descifrar el significado de los enigmáticos símbolos que había visto en su sueño. Había estado obsesionado con ello durante dos días, revisando documentales sobre el Triángulo de las Bermudas, la mitología en todas las civilizaciones y la geometría sagrada sin parar, dibujando, organizando y teorizando. Había encontrado patrones en todas sus historias. El estrés comenzaba a acumularse, pero Dante se sumergió en la lectura de un libro que había sacado de su librero horas atrás, esta vez con una perspectiva de introspección, convencido de que lo desconocido y lo oculto existen por alguna razón.

Fue en la madrugada del tercer día cuando Dante volvió a dibujar el símbolo, pero esta vez lo hizo con una sonrisa en su rostro, una sonrisa que parecía de locura. Sus ojos brillaban con una intensa luz azul, iluminando su rostro en la oscuridad del departamento mientras los truenos de una tormenta golpeaban Nueva York. Tomó su computadora y comenzó a escribir con excitación, abriendo múltiples páginas en su buscador, consultando aplicaciones y trazando cada imagen y palabra que venía a su mente.

Presionó la opción de imprimir, pero entonces un rayo cayó en la azotea de su departamento, causando un potente fallo eléctrico que dañó su computadora por completo, haciendo cortocircuito.

El cuerpo de Dante se movía más lento de lo que su mente trabajaba. Sintiendo cómo se desgarraba, pero ignorando el dolor, tomó una caja de herramientas de arte de su abuela y comenzó a dibujar, creando una figura con alas, similar a las que había visto en su sueño, llamadas Anunnaki por las antiguas culturas de la meseta árabe. Justo cuando hizo el último trazo, sus ojos se posaron en la luna y en ese instante cayó al suelo con el cuerpo rendido.

Pasaron dos semanas. Su casa se llenó de gatos que maullaban en la oscuridad. Ellos lo mantenían caliente y lo cuidaban. Una mañana del 11 de enero del 2021 un rayo de sol le iluminó el rostro.

Fue entonces cuando Dante despertó, flaco y desnutrido.

Intentó moverse, pero su cuerpo no respondía, intentó usar sus dedos, pero poco le dio para llegar a la cocina. Al llegar tiró todo lo que había en la alacena y comió como nunca. Tomó agua de la llave durante dos minutos seguidos, así repetidamente hasta que tuvo la fuerza suficiente para pararse y tomar su celular. Planeó una estricta dieta, un estricto plan de ejercicios para su mente y cuerpo.

Por dos meses siguió este camino hasta que se acordó de esa noche, mezclando así todo lo que había aprendido durante ese tiempo y viendo lo que había creado. El azul de sus ojos era como el océano más puro: ahora era aliado del conocimiento, la alquimia y muy dentro de él sabía que de la magia también. La intuición le decía que, además, esta inteligencia tenía que ver con las desapariciones de su familia.

Investigó el lugar exacto de la casa familiar.

—Santorini —dijo Dante, con ansiedad y una sonrisa en el rostro.

Ya había aprendido y desaprendido la verdad sobre este mundo, o bueno, al menos él estaba seguro de ello. De pronto, sólo podía pensar en el bar que desde que internaron a su madre había visitado en numerosas ocasiones. Su mente y todo su cuerpo eran uno. Desde luego que la vanidad y el ego se apoderaron de él porque sabía que era especial e importante, siempre lo supo, muy desde dentro, lo supo... Fue entonces cuando contempló una infinidad de posibilidades: ya no sería el chico que pierde el conocimiento en una noche de excesos, iba a recuperar su casa familiar con palabras, leyes y carisma. Develaría el misterio que rodeaba a su familia. Pero antes tenía asuntos que atender en el bar.

Llegó en un coche deportivo que había comprado con la fortuna familiar: un Ferrari viejo de hacía más de cinco años; la marca lo había expulsado de su lista de clientes.

Era raro que usara el coche; evitaba llamar la atención, pero esta vez no le importó lo que dijeran los demás. Decidió ponerse la misma chaqueta de cuero negro que, en numerosas ocasiones, lo había acompañado a tan hediondo y podrido lugar. Prendió un cigarrillo. La llama iluminó brevemente su rostro, antes de que el humo lo rodeara.

Fue notado inmediatamente con una mirada dirigida a los guardias. Pudieron verle en los ojos el poder. Ya lo conocían y era un buscapleitos, pero algo les dijo que era mejor que lo dejaran pasar sin preguntas: no esperaría treinta minutos en una fila.

Al entrar Dante, se escuchó un jadeo colectivo de asombro. Las miradas indiscretas lo siguieron, dando así motivos para secretos y suposiciones. La luz era muy poca, pero los acabados en LED en los cuadros del Museo del Prado, la atracción principal del Máster Caster, emitían la luz necesaria para alumbrar los planes de Dante para esta noche. Además, el muchacho podía ver en los iris de la gente un brillo que le permitía analizar el alma de cada persona. Debido a su inteligencia, pudo reconocer los ojos de todos sus conocidos, aunque llevaran máscaras, y por primera vez le dio asco estar dentro de tan podrido lugar.

Aunque ya no se sentía tan solo.

La chica de la derecha es Marilyn Swanson, iba conmigo en la preparatoria… si sus padres se enteraran que está aquí le quitarán la herencia al instante. El chico que baila cerca del DJ y consume la droga que sale del contenedor es Enrique Valdespino, no comprendo, si tiene la vida resuelta, es hijo de un expresidente mexicano... En fin, aquí están todos los hijos de los ricos, los que no son tan inteligentes con sus decisiones. Yo no los puedo criticar: yo estaba mucho peor, pensó Dante mientras observaba a su alrededor.

Caminó orgullosamente hacia la barra, se sentó y pidió un whisky sour con dos cucharadas de limón. Dante quería tomarse una copa primero, había pedido algo irritante para así hacer su primera jugada si lo molestaban antes. Pocos minutos bastaron para notar que las mujeres del bar lo miraban de manera lujuriosa. Se acomodó la chamarra y siguió en lo suyo.

Esa noche no llevaba máscara y les había dicho a Gerard y a Rocky que tampoco llevaran la suya.

Su soberbia era más grande que su intelecto, pero, debido a sus nuevos "poderes", no tenía por qué escuchar a nadie.

—Esta noche sí amerita una señorita —dijo Dante sonriéndole a las chicas del otro lado del bar. Entonces sintió que lo tomaban del hombro.

—Tal vez Johnny no se haya decidido a acabar contigo, pero vuelve a mirar así a mi chica y lo haré yo mismo.

Los guardias se acercaron a preguntarle si dos chicos venían con él y Dante dijo que sí. Eran Gerard y Rocky.

Entraron, felices de ver a su amigo, pero al notar que uno de los matones de Johnny lo estaba molestando se detuvieron *in situ*.

—Dante, ¿todo bien? Llevaba dos semanas marcándote y jamás contestaste el celular. Pensamos que habías muerto o que estabas de viaje. Esa maldita puerta de bóveda que tienes en tu departamento... —se volteó violentamente hacia donde estaba el matón—. ¿A qué le temes, viejo amigo? Si no quieres que veamos tu porno, sólo dilo —se burló.

—Todo bajo control, Rocky. Sólo estamos charlando —dijo Dante ignorando al matón. De nuevo miró a la chica, esta vez guiñándole el ojo.

—¡Te crees intocable, pero esto termina ahora! —gritó el matón y tomó vuelo para reventarle una botella en la cabeza, pero Dante lo escuchó y le lanzó su trago a los ojos.

Pareció pasar en cámara lenta. El muchacho tomó vuelo y le metió un puñetazo en el rostro que le rompió la nariz con un sonido de carne y huesos asqueroso. Johnny, desde el billar, mandó a sus otros matones a detener a Dante; Rocky y Gerard se unieron a la acción. Recibían y daban golpes, pero algo era diferente en Dante, su fuerza y su agilidad eran impresionantes, parecía que podía ver las cosas antes de que pasaran. Sus golpes eran feroces y sus ojos incitaban al odio. No tardó ni diez segundos en romper los brazos de dos de los hombres de Johnny y las piernas de tres.

Los matones, que antes lo insultaban sin discreción, ahora musitaban palabras de miedo. Mientras el muchacho caminaba hacia ellos con un taco de billar, lo rompió a la mitad con las manos después de romper la nariz de otro hombre que huía arrastrándose en el piso.

El humo del bar era lo único en movimiento mientras Dante veía a Johnny fijamente, ahora caminando hacia él, sus ojos azules brillando en la oscuridad, la música sonando y las personas ocultas o estáticas, observando el enfrentamiento.

Por supuesto, jamás vieron la pelea, si así se le puede llamar, lo único que pudieron registrar los testigos fueron los gritos de dolor de los hombres que súbitamente estaban en el suelo, desarmados.

—¿Qué eres? —dijo con miedo un Border Mate tirado en el piso, presionando su brazo partido por la mitad.

—¡No puede ser humano! ¡Es un puto demonio! —gritó otro matón con la nariz rota, hincado y sosteniéndose la cara para no salpicar su sangre.

Dante siguió caminando sin dejar de mirar a Johnny. Este sacó su revólver y le apuntó. En una fracción de segundo, Dante lanzó un pedazo de palo de billar a la frente del matón y con el otro pedazo, lleno de sangre, desarmó al capo mayor del Máster Caster, quedándose así el revólver de este, que cayó en su mano.

Dante le apuntó a Johnny justo a la frente, acorralándolo en una esquina. Dijo:

—Voy a llegar al fondo de esto y si te vuelves a meter en mi camino, te asesinaré. Demostraré que mi familia no está maldita.

Su ropa estaba cubierta de sangre y tenía el rostro cansado.

Dante Nikolaidis, quién lo diría. ¿Será que…? Yo no tengo que asesinarlo, tarde o temprano los ancianos vendrán por él, pensó Johnny, primero con espanto y luego con una sonrisa en el rostro.

—Sigan con la música, sólo estamos charlando, ¿no es así, Johnny? —dijo Dante viendo al DJ y luego regresando la mirada a su enemigo—. Llévense a estos pendejos al hospital más cercano —gritó a nadie en particular, haciendo un ademán hacia los matones caídos.

—Verás, niño, somos muy duros con los recipientes que cuidamos para los ancianos, pero también somos muy eficientes —dijo Johnny con una sonrisa temblorosa.

—¿A quién te refieres? Aquí nadie necesita protección más que de sí mismos —contestó Dante. Todavía presionaba el revólver contra la frente de Johnny.

El líder de los Border Mates salió corriendo gracias a los cadeneros que se pusieron frente a él. Los testigos estaban tan asustados que el mánager del bar bajó a ver qué pasaba, arremetiendo contra Dante y sus amigos.

—¿Qué está pasando? ¿Otra vez tú? —le espetó a Dante antes de ordenar a sus empleados—: Limpien este desmadre. Fuiste tú, ¿verdad, niño? Siempre causando problemas.

En menos de un segundo Dante había guardado el revólver en su chaqueta y con tan solo dos palabras del muchacho el mánager decidió dejarlo en paz y seguir con la música.

Dante la pasó como nunca. A causa de su intelecto y sus nuevos poderes, el alcohol no se le subía a la cabeza. Con una sonrisa autosuficiente encendió un cigarrillo y pensó para sí, *soy el mejor, nadie podrá contra mí. Ahora que he puesto en su lugar a mis enemigos, podré divertirme hasta el amanecer y tal vez disfrute del segundo piso de este loco lugar. Después tendré que salir de la ciudad por un tiempo.*

En medio de la multitud, bailando, Dante avistó a una mujer de ojos naranjas, similares a los suyos. Tras dar el último trago a su botella, decidió seguirla: ella lo llamaba con la mirada. Le resultó interesante el juego que le planteaba, así que no detuvo su acecho mientras la mujer se paseaba, dando vueltas, sonriendo, observándolo con lujuria.

Ahora que los Border Mates no estaban en el bar, los invitados lanzaban billetes de cien dólares al DJ Shmoking, creando un mar de dinero. Dante tenía una sonrisa pervertida en el rostro. La gente lo adoraba porque había sacado, aunque fuese por una noche, a los capos del Máster Caster. Se sentía importante y la música le retumbaba en los oídos. Para él sólo existían la mujer, la música y el trance imperfecto de excesos que se desarrollaba a su alrededor. *¿Será amor a primera vista? Tal vez...* o quizás eran sus ojos los que lo llamaban a cumplir con la noche.

Dante subió las escaleras y en ese momento la mujer lo jaló con fuerza hacia una habitación. Empezó a despojarse de su ropa mientras besaba a la mujer. Sus manos acariciaban con delicadeza a esa criatura angelical y justo cuando iba a pasar a algo más interesante, la mujer sacó una jeringa con una sustancia extraña y se la inyectó, dejándolo inconsciente al instante.

—Mi señora, la anomalía ha sido neutralizada. Muestra de sangre obtenida —dijo la mujer a un comunicador de muñeca mientras observaba a su alrededor para asegurarse de que nadie los hubiera visto.

—Alabados sean los dioses. Bien hecho, sigue así, mantenlo bajo supervisión, Ángela. Regresa inmediatamente para revisión, esto es vital para nosotros —respondió una voz interrumpida por interferencias desde el comunicador.

—Así será. Procederé con código lunar, ¿permiso para ejecutar? —susurró Ángela.

—Permiso concedido —contestó la voz en un tono ominoso.

Esa noche Dante soñó con dos sombras antropomorfas de ojos rojos que gritaban en la oscuridad. Se movían de manera extraña, como si rompieran una pared del bar. Luego se reían a carcajadas al verlo. La noche parecía favorecerlo, pero la humedad del cuarto no estaba de acuerdo.

La tormenta gritaba relámpagos y la lluvia caía como el llanto de la luna. Al despertar, Dante sólo podía pensar en el naranja embriagador que había visto en los ojos de la mujer el día anterior y supo que su sueño se debía a las atrocidades que había cometido.

Recordó la pelea en el bar, su cuerpo moviéndose demasiado rápido; no tenía ni una cicatriz. Se llevó la mano a la cabeza y sintió un dolor intenso. *Tal vez no soy humano, pero a quién le importa*, pensó, recordando los insultos que le lanzaban sus enemigos. Aunque el dolor era insoportable, Dante rio pensando en lo que la bruja le había inyectado. *Espero que no sea un fetiche*, pensó con sarcasmo.

Tomó su chaqueta de la suerte, ajustando el largo cuello de la chamarra como de costumbre y salió del cuarto.

Se dirigió hacia el bar y cuando estaba a punto de bajar por las escaleras, a la distancia, al final del pasillo, vio una sombra que se parecía a la de su sueño. Detrás de ella el letrero LED del bar mostraba la imagen del arcángel Miguel luchando contra un demonio. El zumbido de la luz pasando por los tubos del letrero era audible. Dante se frotó los ojos y la sombra desapareció.

Bajó al primer piso del bar y encontró a gente inconsciente en el suelo, en la misma posición de antes de "coronar la noche". También notó que los conductos de ventilación de la pipa del DJ estaban teñidos de morado y despedían un olor muy diferente al de lo que estaban acostumbrados a fumar.

Maldita sea, así fue cómo escapó, pensó Dante con una expresión de misterio y horror en su rostro.

Se dirigió a la salida del bar y notó que la policía había acordonado su auto deportivo: estaba destrozado. Lo más probable era que Johnny le hubiera prendido fuego en represalia por los crímenes contra sus hombres. Dio media vuelta, salió por la puerta trasera y tomó un taxi hacia su departamento. Al llegar, empacó sus cosas y compró un boleto de avión hacia Grecia.

CAPÍTULO 2

Dante no sabía lo que le aguardaba en Santorini. Su objetivo principal era averiguar si su familia también veía lo mismo que él y descubrir qué le había sucedido a la mente de su madre.

Llevaba consigo el revólver que había tomado prestado de los Border Mates después de desarmar a Johnny. Además, había falsificado con maestría un permiso especial para portar armas incluso en países extranjeros, para llevarla consigo en su viaje a Grecia.

En el trayecto, Dante pasó por varias terminales, comprando artículos relacionados con lo que había aprendido en las últimas semanas en cada una. Sus descubrimientos lo llevaron a hilvanar muchas historias sobre los antiguos dioses y mientras viajaba en el avión los demás pasajeros lo miraban de forma extraña mientras escribía en su diario con los audífonos puestos.

Finalmente llegó a la isla. Ahí la gente parecía preocupada, cansada, y vacía, como si hubieran sufrido una gran tragedia recientemente. Era tarde, así que decidió entrar a un hotel.

La sala del hotel estaba adornada con cuadros antiguos de hombres de miradas poderosas y candelabros cubiertos de polvo. Lo atendió un hombre de cabello blanco, alto y fuerte.

—Una habitación, por favor —ordenó Dante.

El hombre no contestó, pero le entregó las llaves y cobró el dinero.

—¿Sabe dónde puedo comprar algo de comer? —preguntó el joven.

El hombre señaló hacia el otro lado de la calle, donde había un pequeño café.

—¿Ustedes no hablan? —preguntó Dante.

El hombre no respondió y se dio la vuelta.

Dante se sintió ofendido, así que decidió comprar dos cafés en el establecimiento mencionado y derramar uno en el libro de registro del hotel cuando regresara.

Al cruzar la calle, Dante notó que las olas del mar se sentían eléctricas y la marea subía: estaba cerca una tormenta que creaba una sensación de inquietud y tensión en el ambiente. El joven había llegado a la isla buscando un refugio para guarecerse de las tormentas que se formaban en Nueva York, en su lugar, había encontrado un pequeño pueblo más oscuro y siniestro del que había huido.

Al entrar en el local, Dante preguntó a la señora del mostrador sobre el hombre del hotel, buscando respuestas a su misteriosa actitud. La mujer le comentó, con voz temblorosa, que Rafaelo había perdido a su hija hace poco en circunstancias extrañas. Le contó que unos hombres de traje negro habían llegado preguntando por una joven que, según ellos, había robado un avión del gobierno estadounidense y volado hasta aquí. Aunque el hombre del hotel cooperó con ellos, no pudo ayudarles y al poco tiempo se fueron, después de dañar sus pertenencias. Desde entonces la hija del hombre estaba desaparecida.

Visiblemente nerviosa, la mujer explicó a Dante que estos hombres venían de vez en cuando con excavadoras y cámaras, en busca de una supuesta ciudad perdida. En realidad, el pueblo no había prosperado desde antes de la Gran Guerra, terremotos e inundaciones eran su día a día, sumiendo al lugar en una atmósfera opresiva.

Dante se disculpó y le explicó que había venido a visitar a su familia, pensando que tal vez habían venido a ese lugar sin decirle nada. La mujer, con una expresión inquietante, le mencionó lo espléndida que era la genética de los habitantes de la isla y preguntó quiénes eran sus parientes. Dante respondió que era de la familia Nikolaidis, tomando un sorbo de café. La mujer, que momentos antes sostenía un plato limpio en las manos, lo dejó caer al suelo y la tormenta afuera se intensificó.

Antes de que Dante pudiera decir o hacer algo, entraron los hombres de los que antes hablaba la mujer. Dante siguió tomando su café, de vez en cuando echándoles una mirada a los hombres.

—¿Señora Lamprou? —preguntaron los hombres.

La señora no había terminado de borrar el horror de su semblante.

—Soy yo, ¿qué necesita? —contestó.

—Somos de asuntos internos, necesitamos que conteste unas preguntas —dijo uno de los hombres.

—Oh, ya veo…con mucho gusto—. Y luego, hacia Dante—: Muchacho, te dejo el otro café en la barra, no tardaré mucho. Estás en tu casa, con confianza—. Se quitó el mandil, dejó el trapo en una de las mesas y caminó hacia los hombres.

Dante sentía que algo estaba mal, así que prefirió seguir en lo suyo. Los hombres enfilaron hacia las habitaciones de arriba, pero antes de que terminaran de subir las escaleras, a Dante le pareció ver, de reojo, que uno de ellos tenía los ojos rojos. Él joven se talló los párpados, tomó otro sorbo de café y susurró:

—Me pasan cosas muy raras, ¿pero qué carajos fue eso?, ¿será que sí estoy maldito, o es este pueblo?

Al regresar al hotel, Dante entregó a Rafaelo el otro café con una expresión de descontento.

—Tenga, siento mucho lo de su hija, pero no debería ser descortés con sus clientes—. Rafaelo recibió el café, pero no respondió—. A la señora de enfrente la acaban de visitar unos hombres extraños, ¿sabe quiénes son? —preguntó Dante.

El hombre palideció y su rostro se tensó. No respondió, lo miró fijamente, tragó saliva y soltó un suspiro nervioso.

Dante se enfureció aún más. Tiró su propio café en los registros del hotel y dijo con voz firme:

—Lo siento mucho, señor. Me voy a dormir. Que tenga buena noche—. Tomó su equipaje y subió las escaleras mientras el hombre exclamaba:

—Curioso. Tu mirada me recuerda a la de ellos.

Dante frunció el ceño, confundido. Recordó la mirada de aquella mujer del bar, a los hombres misteriosos que habían visitado a la señora de enfrente y su propio reflejo en su departamento después de adquirir sus poderes, reflexionando sobre lo que acababa de decirle el posadero. Apresuró el paso hasta llegar a su habitación, con una inquietante sensación de que algo oscuro y desconocido lo acechaba.

Rápidamente, Dante colocó su revólver en la mesa de noche. Luego sacó el contrato que había realizado para recuperar su casa familiar si es que había inquilinos y se metió a bañar. Sin embargo, a mitad de la ducha sintió un frío extremo que le heló la sangre.

—¿Qué demonios? La ventana se está azotando... Pero, ¿cómo puede ser, si yo la cerré? ¡Maldita sea, carajo! —dijo confundido.

Salió del baño con una toalla envuelta alrededor del cuerpo. La ventana estaba abierta. Se asomó hacia afuera y pudo ver, a lo lejos, en el centro de la isla, una luz verde que provenía de una mansión a unos dos kilómetros de distancia. Del otro lado de la calle, unos hombres arrastraban una bolsa negra para sacarla de la cafetería.

—Esos hombres son los que han estado asesinando a la gente, por lo que dijeron son del gobierno, así que no puedo hacer mucho. Mañana recuperaré mi casa y llegaré al fondo de todo esto —murmuró Dante.

De repente su maleta comenzó a temblar. De dentro salieron susurros ininteligibles.

Con una mano extendida y la otra sosteniendo firmemente su revólver, Dante se acercó a la maleta. El sonido de sus pisadas mojadas resonaba en el suelo, con cada gota que caía en la lejanía los susurros se intensificaban y la luz intermitente de los relámpagos iluminaba su rostro. En ese momento, una sombra emergió del suelo detrás de él e intentó abrazarlo. Al abrir la maleta, encontró la figura del ser alado que había pintado durante su trance. Instantáneamente, la sombra que lo había estado acechando desapareció en la oscuridad y lo único que se escuchó fue el incesante repiqueteo de la lluvia golpeando contra la ventana.

Dante, sumido en sus pensamientos, consideró que su obsesión por lo que había escrito en su diario tenía algo que ver con lo que estaba experimentando. Sin embargo, al acostarse decidió dejarlo de lado por un momento, ya que sentía que algo lo observaba desde las profundidades, desde lo más oscuro y oculto, donde quiera que eso estuviera.

Una vez que logró calmar su mente, continuó con su rutina nocturna. Se puso su pijama, se afeitó y se acostó de nuevo. Tomó su mochila y sacó la figura del hombre alado; la colocó cerca para poder observarla, pero no se percató de que los ojos del ser brillaban con un azul intenso.

La lluvia seguía cayendo con fuerza y la oscuridad de la noche lo envolvió todo. Dante se acostó con los ojos abiertos, con una creciente sensación de inquietud. Los pensamientos y las imágenes de lo que había escrito en su diario y la figura del ser alado en la habitación se entrelazaron en su mente, formando un enigma que no podía resolver. Hasta que logró dormirse.

No pudo evitar soñar.

Se encontraba de pie en un *roof garden* de Nueva York. Las estrellas brillaban con una intensidad cegadora. A lo lejos, la luna caía sobre la Tierra, aunque lograba sobrevivir, se encontraba bajo tierra, sin agua ni comida para subsistir. Sus manos mostraban marcas de un poder oscuro que consumía todo a su alrededor, como el micelio de los hongos al crecer.

Despertó sudoroso, agitado y con una sensación de desconcierto.

Se puso su chaqueta negra de la suerte antes de salir en busca de lo que más deseaba: el conocimiento. Pero ahora el tema había cambiado, se trataba de su familia y su sangre. Tomó su maletín, junto con las escrituras de la casa, y dejó colgado su cuadro.

Descendió las escaleras lo más rápido que pudo, como un niño en Navidad, despidiéndose del posadero con alegría y despreocupación. La ansiedad lo impulsaba, aunque la sensación de ser observado desde lo profundo persistía, como si algo acechara desde las sombras, esperando su momento para revelarse.

Tomó un taxi local y le indicó al conductor que lo llevara al centro de Fila. De camino a la casa con la que tanto soñaba, tenía la sensación de que la gente en las calles se burlaba de él, como si hubieran escuchado el chiste más gracioso de sus vidas y a él le dirigieran sus risas. Tenían miradas maliciosas y siniestras.

Al llegar al centro de la ciudad encontraron la plaza desierta, no había una sola alma presente y los columpios oscilaban solos en un tétrico vaivén.

Al salir del taxi y dar una vuelta en la rotonda, Dante se dio cuenta de que estaba muy cerca de donde se había quedado. Sus ojos se posaron en una entrada con columnas griegas clásicas y dos leones de mármol resguardando la puerta, posando con orgullo y poder. Asombrado, murmuró:

—Tal vez se mudaron aquí y me abandonaron en Nueva York. Esto está jodidamente precioso. Un poco descuidado, pero hermoso.

Pagó al taxista con lo que encontró en su cartera y su semblante de felicidad se transformó en uno de misterio. Decidió subir las grandes escaleras que conducían a la entrada principal de la mansión. A medida que se acercaba, el aire se volvió más denso y la sensación de ser observado más intensa. Podía palpar su propio miedo. Sin embargo, su insaciable curiosidad y su obsesión por el conocimiento lo impulsaron a seguir adelante, adentrándose en lo desconocido con valentía, pero también con miedo. La arquitectura de la casa era diferente a la del resto del pueblo y su fachada estaba descuidada. Tocó la puerta una vez sin obtener respuesta. Tocó otra vez, pero nadie se acercó. A la tercera vez se escuchó un eco gigantesco que retumbó en toda la mansión. Una voz suave, probablemente de una señora mayor, preguntó si podía ayudarlo a través del interfono.

Dante se identificó como Dante Nikolaidis y mencionó que venía a ayudar con los documentos legales de la propiedad, expresando su interés en comprar la casa con su gran riqueza. Sin embargo, el silencio que siguió fue incómodo, hasta que una voz masculina, fría, áspera y oscura, contestó:

—¡Oh, muchacho, nosotros no necesitamos dinero! —sonaba malévolo y preocupante.

Dante sintió un escalofrío recorrer su espalda. Un viento siniestro salía de debajo del portón de madera, emitiendo un silbido como de espíritus malignos. Pero Dante, decidido a descubrir qué estaba sucediendo, reunió toda su valentía y se negó a marcharse. Pasaron unos minutos y nadie abrió la puerta. Dante se preparaba para tocar nuevamente cuando una anciana por fin apareció. Aparentemente tenía unos noventa años y lucía demacrada, lo cual a Dante le resultó perturbador. Tenía más ojeras que ojos y su espalda estaba más curvada que un arco. Pero abrió la enorme puerta sin ningún problema.

En el pasillo principal había unas escalinatas grandes, en forma de caracol, en el centro y a sus cuatro entradas, de cada piso salían unos puentes hacia las otras alas y pisos de la mansión. Fue entonces cuando Dante se percató de que algo estaba mal, pues de acuerdo con la geografía de la mansión, llegar a la puerta habría sido más tardado aún que los largos minutos que aparentemente le habían tomado a la anciana. Dante estaba impactado, pero no hizo ningún gesto para no levantar sospechas. Algo definitivamente estaba pasando y él, por más inteligente que fuera, no lograba entenderlo bien.

La señora se dirigió a Dante en un tono rasposo y agónico:

—Estábamos en la cocina, muchacho, está en este piso. ¿Quieres algo? No has comido.

El joven se relajó un poco, pero no bajó la guardia. Caminó por la planta baja en línea recta hacia la cocina, desde donde notó, a lo lejos, la luz de la chimenea y la estufa, como si algo se estuviera cocinando. Dante no había comido y se preguntaba cómo la señora lo sabía, pero no hizo preguntas, solamente observó a la anciana reposar su antigua linterna en la mesa y volverse hacia su esposo.

—Precioso, él es Desalo. No habla porque la gente dice que su voz es horrible. Ignóralo, muchacho —dijo la mujer entre risas.

—Hace mucho que no recibimos visitas, pero tenemos experiencia con estómagos vacíos —añadió la señora, riendo junto con su esposo.

—Tanto tiempo hemos vivido que nuestros seres queridos fallecieron y sólo quedamos nosotros —dijo la señora en tono burlón, pero a la vez nostálgico.

—Lo siento, señora, pero necesito que me firme esto —pidió Dante con determinación.

La señora respondió con una sonrisa despectiva.

—Sí, muchacho, eres apuesto e inteligente. Así que eres de la familia Nikolaidis... es un honor conocerte. Todo lo que estaba en esta casa, antes de que llegáramos, tenía grabados y estatuas con tu nombre.

Dante asintió con desdén.

—Lo sé, señora, aunque parece que no han hecho ninguna remodelación ni cambios. Las telarañas, la suciedad... por eso los reubicaré en una casa cerca del hospital. Es un lugar mejor para ustedes. Esta propiedad es demasiado importante y antigua como para estar en estas condiciones. Firme, por favor —demandó con autoridad, revelando que tenía un plan para cada situación.

La señora pareció comprender con una expresión de decepción.

—Oh, entiendo. Cerca del hospital es un lugar mejor que las polvorientas y desgastadas paredes de la vieja mansión... ¿Aquí? —preguntó, señalando con un gesto despectivo una parte del documento.

Dante asintió con seguridad.

—Durante esta semana vendrán trabajadores y arquitectos para remodelar. ¿Sabe si ha venido otro miembro de mi familia por aquí? —inquirió el joven con ansias de obtener más información.

—No hemos visto a más como tú, pero estoy seguro de que los encontrarás —dijo la señora apretando sus manos contra la mesa. Parecía contener la risa.

Dante había logrado su objetivo, aunque se sentía incómodo por aprovecharse de los ancianos. Ahora solamente tenía que salir de allí para que los trabajadores limpiaran y remodelaran la casa. Después encontraría la información y las pistas para encontrar a su familia.

Tuvo que reunir, una vez más, valor para preguntar:

—¿Puedo investigar la casa?

Ya no quería pasar ni un momento más con esos ancianos extraños, pero su familia era más importante que cualquier otra sensación. Aunque su bisabuela era de avanzada edad y tal vez estaba muerta, quería encontrarla, aunque fuera solo su cadáver o tumba.

—Pero claro, muchacho. ¿Cuál es tu nombre? —preguntó la anciana mientras ponía a hervir una tetera.

—Se lo dije hace unos minutos. Dante Nikolaidis, señora —contestó con impaciencia.

—Lo siento, hijo. Con la edad, uno olvida cosas tan importantes como los nombres, o cosas tan insignificantes como qué comí hoy, ji, ji, ji —eructó al final de la oración.

Dante contempló a Desalo en su silla de ruedas.

—Ah, sí, interesante. Yo tenía una bisabuela, pero desapareció como la mayoría de mi familia, así que la verdad no sé cómo es ser un anciano... si soy sincero. No pensaba encontrarme con dos viejos en mi casa familiar, ni con gente de alta alcurnia que cuidase mi mansión. Pensaba que encontraría a mi familia —dijo Dante con desdén.

De pronto, Desalo tomó un cuchillo y sacó de un palomar una gallina calva que no dejaba de moverse y graznar con desesperación. El anciano tosió y le cortó la cabeza de un solo tajo.

—Oh, yo sé que encontrarás a tu familia. Te repito, cuando compré este lugar, en la cocina encontré varias cosas con tu apellido, criatura. Te invito un café —dijo la anciana tomando dos tazas de la alacena—. Si no mal recuerdo, es una receta de tu familia —dijo la señora.

La tetera chilló.

—Será un honor brindar por este trato con una taza de café —dijo Dante con una sonrisa forzada. Era un mal menor aceptar la oferta que resistir su propia curiosidad—. Pero sólo una, señora. Pediré que preparen sus taxis y les lleven sus cosas mañana temprano. Tengo mucho que hacer e investigar —agregó.

El café tenía un sabor repugnante.

—¡Oh, carajo, señora! ¡Seguro que esta es la maldición! —exclamó Dante, levantándose de la mesa y derramando el líquido.

—Hijo, espera, te lo tienes que terminar —y después de una pausa—: ¿De qué maldición hablas? —gritó la señora para que Dante la pudiera escuchar, pero él ya estaba demasiado lejos. La señora susurró para sí—: Si supieras cuál es la verdadera maldición de tu familia, te suicidarías al instante —y soltó una carcajada.

Saliendo de la cocina, molesto por el café, Dante caminó cada vez más rápido hasta que sus ojos se posaron en una compuerta debajo de las primeras escaleras en el centro de la mansión. El mármol empolvado que la rodeaba mostraba la escena macabra de un calamar gigante devorando un barco. A pesar de la sensación de malestar que le causaba, algo en su interior lo llamaba hacia allí. En ese momento solo pudo escuchar el sonido acelerado de su propio corazón. Dante se acercó lentamente y encendió la luz de su celular para poder ver mejor. El barandal de las escaleras estaba grabado con intrincados diseños de tentáculos de calamar y adornada con incrustaciones de metal que representaban furiosas olas.

Al abrir la compuerta, un cálido resplandor acarició a Dante.

Bajó las escaleras y en la pared más cercana notó una sombra que indicaba que allí había estado un mueble, uno que reconocía como el librero que su abuela le regaló. Sin embargo, ahora estaba vacío, ya que ahora estaba en su departamento.

Se sintió incómodo, pero atribuyó su malestar al café repugnante. Miró las cajas viejas y las estatuas, algunas provenientes de civilizaciones antiguas y otras desconocidas. Permaneció allí durante varios minutos, buscando algo más entre las cajas y estatuas, decidió subir, pero al dar el primer escalón, la nostalgia lo embargó y recordó la canción de cuna que su abuela solía cantarle. Dante estaba inmerso en la nana cuando un grito desgarrador, lleno de dolor y enojo, resonó desde lo profundo.

Una puerta secreta se abrió donde antes se encontraba el librero de su abuela. Dante, aunque asustado e impresionado, creía que podía enfrentarlo todo y ansiaba encontrar alguna pista sobre su familia.

Se asomó y vio un enorme agujero desde el cual descendían unas escaleras en forma de caracol, hacia la oscuridad. Desde las profundidades resonaba un canto antiguo, como un mantra. Dante descendió, recordando todo el conocimiento que había adquirido la noche en que sus ojos brillaron intensamente. Pensaba que tal vez su familia vivía bajo la tierra. Sin embargo, sin darse cuenta, su mirada azul volvió a la normalidad. Siguió bajando con precaución, como un ratón por las alcantarillas, hasta llegar a lo que parecía un laboratorio.

Frente a él había un mural que representaba la imagen de un robot y unos cetros con deidades egipcias en las puntas. El robot realizaba experimentos químicos y sobre las mesas había libros, símbolos extraños y más utensilios de laboratorio. El recinto estaba sumido en la oscuridad y solo la luz del teléfono de Dante iluminaba su camino en la penumbra. Encontró una tenue luz que entraba desde una ventana que daba al fondo del mar, se dio cuenta de que estaba bajo el agua.

Un susurro reverberó en la habitación y se convirtió en una voz que anunció:

—Te he esperado desde 1914. La luna me sonríe hoy.

—¿Quién eres? —preguntó el joven, con miedo.

—Soy la noche. Soy la oscuridad. Soy el conocimiento. Soy el aire frío que te abraza cuando todo es tinieblas. Sobre todo, soy aquel que te enseñará a controlar lo... que acabas de despertar —respondió.

—¿Cómo? ¿Qué estás diciendo? —exclamó Dante tartamudeando.

—Todo lo que ves es cierto, todo lo que escuchas tiene muchos finales, de los cuales solo uno es el real —informó la voz.

—¡Explíquese! —dijo Dante sacando el revólver que llevaba en su chamarra, tirándolo y levantándolo al instante.

—Verás, joven, eso no me hará ningún daño. Vamos a debatir.

—¡Que se explique, carajo! —exclamó Dante tan enojado que los peces se asustaron y la presión en la ventana submarina subió, cuarteando el vidrio reforzado.

La voz imploró a Dante que se calmara al escuchar un grito de guerra tan certero y poderoso.

—¡Salga a la luz, quiero verle! —Dante apuntó con su celular a la cara del hombre en la oscuridad. Al ver su rostro podrido, y una mirada roja penetrante, Dante retrocedió, tropezó y cayó sobre su celular.

Desde el suelo, Dante disparó, pero solo alcanzó a darle a una sombra que se extendía por todo el cuarto. Afuera se escuchaban ballenas y los animales acuáticos de las profundidades. Dante dio un suspiro y gritó:

—¡Muéstrate! —cuarteando aún más el vidrio y provocando un terremoto.

Desde el techo llegó un estruendo de piedras que caían y Dante volvió a gritar, cubriéndose en la oscuridad, esperando que nada le cayera en la cabeza.

Al verse a salvo, respiró y prestó atención, pues desde la penumbra surgió de nuevo la voz del hombre:

—Está bien, si así lo quieres… —dijo el hombre. Y sopló. De su boca salió un humo espeso que se esparció con el movimiento de un báculo que sostenía en la mano.

A la par, el polvo de todo el lugar se removió y el laboratorio quedó tan reluciente como antes, como cuando el laboratorio pertenecía a su familia.

Todos los símbolos, estatuas, gárgolas y restos del antiguo robot sobre el mural se mostraron claros en un espectáculo orquestado. Dante derramó algunas lágrimas al contemplar su linaje en color dorado, azul y plateado.

Se sentó en una silla de madera que yacía cerca de una mesa, contemplando todo, mientras escuchaba las palabras del hombre.

Cuando volvió su mirada hacia él, ya no era un viejo con apariencia de zombi, sino un hombre barbado con hermosos ojos rojos, cabello canoso, elegante y una túnica morada. En una mano sostenía un símbolo egipcio y en la otra un poder amarillo, similar a la energía que había visto en uno de sus sueños. Era brillante como el sol.

El hombre sonrió satisfecho, como si hubiera encontrado un alma afín. Sus ojos rojos brillaban con una luz intensa.

—Así es, Dante. Eres especial, como yo lo soy. La sed de conocimiento, el anhelo de poder y la fascinación por lo desconocido corren por tus venas, al igual que lo hicieron en la sangre de tu ancestro, Ulises, tu tatarabuelo y dueño de este recinto —dijo mientras acariciaba el báculo que sostenía en su mano.

Dante se sentía cada vez más intrigado y atraído por las palabras del hombre. Parecía que este misterioso individuo sabía mucho más de lo que hubiera imaginado. La curiosidad y la ambición se mezclaban en su mente, haciéndolo sentir un torbellino de emociones.

—Sí, es mi naturaleza. ¿Quién le ha dicho mi nombre? —El hombre no contestó, solo miró a Dante con satisfacción—. Anhelo el poder, la sabiduría y el descubrimiento. Pero también quiero ayudar a la gente, encontrar a mi familia y crear algo único, algo que sólo yo pueda concebir —expresó Dante con entusiasmo, incapaz de contener su anhelo.

El hombre asintió con aprobación, como si entendiera completamente los anhelos y las ambiciones de Dante.

—Entonces estás listo para unirte a mí en esta búsqueda, Dante. Juntos podemos desentrañar los misterios de este plano, alcanzar el poder y la grandeza que nos corresponde como seres superiores. Pero ten en cuenta que el camino que elegimos no será fácil, enfrentaremos peligros inimaginables, todavía quedan enemigos que se opondrán a nuestros designios. ¿Estás dispuesto a enfrentarlos? —preguntó con una sonrisa insidiosa.

Dante vaciló por un momento, pero la sed de aventura y la ambición lo dominaban. Su corazón latía con fuerza, y la promesa de descubrimiento y poder era demasiado tentadora para resistirla.

—Sí, estoy dispuesto. Estoy listo para unirme a ti en esta búsqueda y enfrentar lo que sea necesario —respondió Dante con determinación.

El hombre asintió y extendió su mano hacia Dante, invitándolo a unirse a él en su causa.

—Bienvenido, Dante. Juntos cambiaremos el destino de este mundo y trascenderemos a lo desconocido —dijo el hombre con voz resonante.

Dante tomó la mano del hombre y sintió un escalofrío recorrer su espina dorsal: sabía que su vida nunca volvería a ser la misma. Se arrodilló y cerró los ojos, listo para aceptar su destino como aprendiz del enigmático hombre. Pero antes de que pudiera siquiera pronunciar su deseo, un sonido agudo invadió la habitación.

El hombre cayó al suelo con un agujero de bala en la frente, dejando a Dante estupefacto. La escena se volvió caótica, el laboratorio regresó a la oscuridad en la que se encontraba hace unos minutos y el frío se apoderó del ambiente. Dante se echó para atrás, mirando el cuerpo del hombre con incredulidad y horror.

—¿Qué carajo? ¡No mames! ¡No mames! No me pueden hacer esto, ¡mi nuevo maestro! —gritó Dante con la expresión de aquel que nunca había visto la muerte, y menos de cerca.

La situación era confusa y aterradora. El hombre con el que había estado a punto de hacer un pacto, que parecía conocerlo tan bien y compartir sus ambiciones, yacía sin vida en el suelo, víctima de un disparo que había atravesado su cráneo. Maldición, maldición, pensó Dante dejando que la incertidumbre y el temor se apoderaban de él. La traición y el desconcierto lo invadieron. ¿Quién había disparado? ¿Por qué?

El mundo que Dante creía conocer se desmoronaba, revelando una oscuridad aún más profunda y siniestra que acechaba en las sombras. Fue entonces cuando, alertado por un sonido, volteó para encontrarse con la joven del bar, aquella de la noche anterior al viaje. Con un aparato que tenía una cuerda llegó a lo más profundo del laboratorio de manera muy rápida.

Dante se arrastró por el suelo mientras la chica, con él aparato que era similar a un hilo de tejer con motor en la cintura, desenfundó una especie de pistola brillante y picó un botón en su armadura. La joven, aparato en mano, se movió con destreza por el oscuro laboratorio, buscando la sombra que se había manifestado.

Dante estaba en shock. Se escondió debajo de una mesa, observando con horror la escena. Comenzaba a debilitarse.

La chica utilizaba unos lentes con múltiples graduaciones para buscar con una linterna el rastro de la sombra, que ahora había regresado a su forma real: una figura negra con ojos rojos y una velocidad sin igual.

Algo iba mal. Dante se sentía cada vez peor, su debilidad ya no le permitía ni siquiera levantarse y mientras tanto la chica buscaba incansablemente en los estantes y armarios del laboratorio, pero no encontraba rastro alguno de la entidad.

De repente una risa resonó desde el mural y la sombra se abalanzó sobre ella como un felino, arañando su brazo derecho. Aunque la joven se tambaleó, rápidamente se inyectó algo que llevaba en su chaleco y se levantó, continuando su búsqueda y disparando a los lugares donde creía que la entidad podría estar. Mientras tanto, Dante empezaba a ver borroso y su garganta estaba inflamada, lo que le dificultaba hablar. En su mente, la mujer era malvada, una retorcida bruja que trabajaba para aquellos hombres que desaparecían personas. Le habían arrebatado la única respuesta a todo lo que había vivido, las respuestas a su vida llena de maldiciones o bendiciones.

La escena en el laboratorio se volvió más caótica mientras la chica luchaba contra la sombra. Dante, desde su escondite, veía todo con una sensación de impotencia. La situación se volvía más oscura y aterradora, como si estuvieran atrapados en una pesadilla de la que no podían escapar. La joven, con una mirada decidida y una determinación férrea, se apresuró a ayudar a Dante, quien yacía agonizando en el suelo. Con mano temblorosa pero acertada aplicó una pócima sobre él cabello del hombre envenenado, intentando contrarrestar los efectos mortales del veneno. Mientras tanto, sus ojos no dejaban de escrutar la oscuridad en busca del ente que los acechaba.

La chica sacó un detector de calor de una funda y se limpió una sustancia de los ojos para tener una visión clara. Con arma en mano, apuntó con precisión y disparó hacia la oscuridad, pero falló, alcanzó al ente en la pierna. El ente emitió un sonido gutural, similar al de una hiena, mientras se arrastraba hacia la chica con una rapidez sobrenatural.

Sin perder la calma, la joven tomó a Dante en brazos, sintiendo su débil pulso y su respiración entrecortada. Sabía que no podían quedarse allí mucho tiempo, el veneno hacía estragos en el cuerpo del joven. Decidió que debían salir del laboratorio lo antes posible.

Con el corazón latiendo con fuerza, buscó una salida y finalmente encontró una puerta que llevaba a un pasillo. Con su última reserva de energía corrió con Dante, dejando atrás al ente. Finalmente, con Dante en brazos, subió con su aparato de cuerdas por el centro de las escaleras y así lograron salir del laboratorio y llegar a la "seguridad" del exterior, al centro de la mansión.

Depositó con cuidado a Dante en el suelo, y con alivio vio que su respiración se estabilizaba, aunque aún estaba inconsciente. Miró a su alrededor, buscando cualquier señal del ente, pero parecía haber desaparecido en las sombras.

La chica se arrodilló junto a Dante y acarició su rostro con ternura. Aunque había fallado en su intento de matar al ente, estaba aliviada de haber salvado a Dante de una muerte segura. Sabía que la lucha no había terminado.

Pronunció el nombre de Dante en un susurro, esperando que se despertara. La oscuridad de la mansión aún la acechaba.

Ángela abrazó a Dante y lo levantó, llevándolo consigo por los oscuros pasillos de la mansión. En la distancia se oía el inquietante tic-tac del antiguo reloj familiar que, de manera inexplicable, se había puesto en marcha.

Dante aún veía borroso y hablaba de forma incoherente, así que Ángela le inyectó una sustancia que le permitió recobrar parte de sus fuerzas y lucidez. La valiente chica le entregó una de sus pistolas y le advirtió:

—Tu vida está en juego, y, por lo que más quieras, no mueras.

Dante podía ver a los entes sin necesidad del lente especial que Ángela llevaba consigo, pero las preguntas tendrían que esperar.

—Tenemos que subir para llegar a mi mochila-cohete y escapar hacia un lugar seguro en la ciudad. ¿Puedes aguantar hasta que lo logremos? —le preguntó Ángela. Luego agregó—: Ya habrá tiempo para explicarte lo que está sucediendo, pero confía en mí. Ese hombre quería matarte para desencadenar el apocalipsis, así que no seas egocéntrico y sígueme —su voz firme.

Dante no pudo más que asentir con la mirada. Tenía los ojos llenos de venas rojas que denotaban su desconfianza. *Cuando salga de aquí, te enfrentaré, pues no creo tus absurdas historias sobre un apocalipsis. Son puras mentiras,* pensó Dante, alimentando su escepticismo con la adrenalina que bombeaba en sus venas y la incertidumbre que rondaba su mente.

Siguió a Ángela en medio de la oscuridad y la incertidumbre. Mientras ascendían por el edificio abandonado, los sonidos de los entes acechantes resonaban en las sombras. Aunque no entendía del todo lo que sucedía, el instinto de supervivencia mantenía a Dante alerta y en guardia. Se internó en los pasillos de la mansión junto a la chica; tenían que pasar enfrente de los cuartos de la planta alta. Uno de esos cuartos tenía una puerta que Dante ya había visto en sueños, la reconoció de inmediato y se detuvo, pero la chica se molestó: tenían que seguir para encontrar una salida.

En el fondo del cuarto, Dante alcanzó a ver una silla eléctrica con un esqueleto encima, una cama, símbolos en las paredes escritos con las uñas y con sangre. A pesar de los intentos de la chica por detenerlo, Dante entró. Había visto una grabadora y el botón de reproducir lo llamaba. Se acercó a presionarlo y del aparato salió la voz de su bisabuela Luciana.

El pasado inundó el cuarto, algo se había congelado en el tiempo con esa grabación:

—Luciana, ¿ha tenido pesadillas últimamente? —preguntó una voz de mujer.

—Eh… sí, todo el tiempo. ¡Todo el tiempo!

—¿Sabes que este cuarto puede contener tu ira, verdad? ¿Quieres ocasionar otro desastre?

—No. Disculpe, doct… —su voz fue interrumpida por una descarga eléctrica.

—Sabes perfectamente de qué hablo, señorita. Incorrecto. Incorrecto. Incorrecto.

—¿No se supone que me debe de ayudar? El mundo me necesita —dijo Luciana llorando cómo una niña.

La doctora suspiró.

—Si nos dices dónde está lo que queremos, te vamos a ayudar, preciosa. Fuiste la última en ver a tu padre antes de la desaparición de mi amo—. La dulzura desapareció de su voz—. ¿Dónde está el laboratorio? Tú decides si el dolor es larguito o cortito.

Trataban a la abuela de Dante como si fuera una niña de nueve años.

—Espere. Veo... veo algo —exclamó Luciana.

—¿Qué ves, niña? —dijo la doctora, ansiosa, mientras hacía temblar sus piernas y mordía su pluma.

—Veo que su fin está cerca. ¡Seth jamás ganará la batalla! Dante, lucha, persevera, ¡los cultos oscuros no pueden contigo... busca la corona! ¡Detrás de ti! —ordenó la voz de su bisabuela antes de ser interrumpida por sus propios gritos, a los que les siguió el sonido de la electricidad friendo su cerebro.

—Fueron tus últimas palabras —anunció—. Qué bueno que aún tenemos candidatos de la familia Nikolaidis para extraerles la información. En algún punto de la historia nos dirán dónde está el artefacto de Thot.

La grabación terminó y Dante se dio cuenta que, por inercia, se había acercado cada vez más a la silla eléctrica. Las imágenes de su bisabuela Luciana se desencadenaban en su mente. Recuerdos de su tatarabuelo, Ulises, realizando experimentos en el laboratorio, la historia de su vida desde su nacimiento y la manera en que desesperadamente escribía símbolos antiguos en las paredes con las uñas desgarradas. A pesar de que las lágrimas fluían sin cesar, Dante permanecía impasible.

—¡Tenemos que irnos ahora si quieres vivir! —gritó Ángela, sacándolo de su ensimismamiento.

Dante no hizo ningún movimiento, pues frente a sus ojos, en la ventana antigua de la habitación cuya pintura blanca se desprendía, se convirtió en una escena impactante. Desde el exterior de la ventana se asomaron un par de dedos, uno tras otro, una ola de uñas largas, piel negra y huesos esqueléticos, hasta que se convirtieron en una mano y luego en un ente. La cosa se movió y trepó por las paredes hasta llegar al techo, rodeando a Dante y a la chica como una jauría de oscuridad.

—Son dos entes más de los cuerpos que maté. No sabes lo fácil que fue entrar a este lugar. Seguro porque los distrajiste al caer directo en su trampa. Además, tengo un inhibidor de olor, así que las sombras no pueden detectarme —dijo Ángela, rociando un atomizador sobre Dante.

—Estas cosas salen de los cuerpos de... —fue interrumpido por la sombra, que atacó de nuevo a Ángela y le rompió un dedo con un crujido sordo.

El dolor la hizo exclamar:

—¡Pon atención!

En ese momento una de las sombras intentó abrazar a Dante, pero reaccionó con rapidez, evitando su contacto. La situación se volvía cada vez más espeluznante.

Los dos disparaban frenéticamente a las sombras que se proyectaban en la pared, pero fallaban en la mayoría de los intentos. Ángela tomó la mano de Dante, quien aún sostenía el casete y la grabadora. Antes de echar a correr junto a Ángela, guardó todo en su chaqueta negra.

Corrieron juntos hasta la enorme ventana del frente, que Ángela rompió de un golpe, apresurando a Dante, quien corría desesperadamente mientras una sombra lo perseguía como un tigre hambriento.

Saltaron juntos, Ángela activó su mochila-cohete y volaron por los cielos. Así terminó la pesadilla, al menos desde la perspectiva del joven.

Aterrizaron cerca de un lugar que Ángela conocía y caminaron entre los transeúntes. La gente los miraba con odio, como si hubieran matado a uno de sus seres queridos. Las caras pasaban a su alrededor sin perderlos de vista, algunos los golpeaban con el hombro. Cada vez que podía, Ángela inyectaba a Dante o a ella misma con una jeringa llena de un líquido naranja que poseía propiedades curativas.

Observando a la gente, Dante notó que algunos tenían ojos rojos. Era como un mar de tiburones camuflados entre los lugareños, envenenándolos sin llamar la atención de los desafortunados transeúntes que desconocían la oculta realidad.

—Los seguidores de Seth y Osiris, en su búsqueda de dominación, pueden poseer la mente de cualquier humano común mediante rituales blasfemos y extremadamente peligrosos —la chica susurró al oído de Dante, indicando el camino a través de la gente con la mano.

A pesar de todo lo que habían vivido ese día y del veneno enemigo que los enfermaba, pudieron avanzar hasta llegar a un callejón, pero al doblar la esquina vieron a tres hombres con túnicas negras cuyos ojos rojos eran lo único visible en la oscuridad.

Los hombres se acercaron a ellos con las manos extendidas, emanando un poder rojo en sus palmas. La chica sacó una especie de esfera metálica de su cinturón y la lanzó al suelo. Al explotar, creó una barrera de luz con símbolos incomprensibles que impidió que los hombres avanzaran. Los entes gritaron, intentando atraparlos con las manos extendidas. De sus bocas salía luz.

En uno de los muros del callejón había un mural con alas pintadas, cubría casi toda la pared, como un símbolo de libertad reprimida. La chica presionó un botón en medio de ellas y, acompañada del sonido de un pesado mecanismo, una compuerta se abrió, revelando un elevador. Cargó a Dante hacia el interior, ya que el joven de nuevo luchaba por mantenerse de pie, temblando como si todo su ser estuviera al borde de sucumbir.

Pasaron varios pisos en el elevador, cada piso del descenso era como un susurro de incertidumbre. La chica tenía una mirada tranquila pero poderosa, la misma mirada que Dante había captado en el bar. Con las pocas fuerzas que le quedaban, Dante sujetó del cuello a Ángela y la interrogó con una voz ronca y llena de horror mientras sus ojos reflejaban la desesperación de un hombre al borde de la locura. Le preguntó por qué había matado a ese hombre, quién era ella, por qué la gente de ese lugar desaparecía, por qué lo había secuestrado y qué estaban haciendo allí. Ángela, a modo de respuesta y hartazgo, lo inyectó con una jeringa blanca y Dante cayó al suelo con una expresión de espanto en su rostro.

El elevador llegó al piso 555 y se iluminó con una luz blanca deslumbrante. Había doctores, científicos vestidos con batas peculiares, hombres con petos de hierro que parecían caballeros o buzos del mar y al fondo del pasillo había una luz cegadora.

La chica cargó a Dante, buscando un doctor que la ayudara, hasta que los presentes, al notar el estado de los chicos, se acercaron a preguntar qué había sucedido.

—Víctima de… veneno de kraken y… fuimos atacados… por Seth… —dijo la chica con sus últimas fuerzas y una expresión de dolor en los ojos.

Todos en el pasillo la miraron con asombro.

Fue entonces cuando Ángela se dio cuenta de lo que su entrenamiento no le había permitido ver: ella también había sido víctima de Seth. Apenas tuvo tiempo de notar sus propias heridas cuando ya había caído al suelo del hospital. Antes de perder por completo el conocimiento, pudo ver la figura de Isis, que se agachó y le tocó la frente con un velo.

Era Hatshepsut, la suma sacerdotisa de la mismísima Isis, una mujer de ojos naranjas, piel pálida, cejas pobladas que parecían alas y un símbolo brillante en forma de águila en la frente. Era sorprendentemente similar a Ángela.

—Confía y lucha, Ángela. Sólo tú puedes enseñarle —le dijo.

Hatshepsut había predicho esto en sus visiones y debido a eso yacía fuera de su templo.

Ordenó que llevaran al muchacho y a Ángela al hospital. Sus ojos naranjas brillaron con determinación mientras sus labios pronunciaban autoridad.

CAPÍTULO 3

Tanto Dante como Ángela habían caído en un profundo coma. Estaban atrapados bajo la oscura maldición de Seth, desencadenada por el veneno de kraken con el que los había atacado.

Los sueños de Ángela eran meras pesadillas, plagadas de visiones con horrores inimaginables. Pero los de Dante eran algo mucho peor, una sobrecarga de información abrumadora que amenazaba con romper su cordura. En sus sueños veía a terroristas maquinando siniestros planes, estatuas de dioses que cobraban vida y hablaban en un coro de susurros sobre calamidades de un futuro oscuro y devastador.

Los sueños de Dante eran como un estrobo de luces intermitentes, parpadeando con fragmentos de conocimiento prohibido. Las verdades ocultas del mundo se revelaban ante él, arrojándolo a un abismo de conocimiento que iba más allá de su comprensión humana. Los velos del tiempo y del espacio se rasgaban, mostrándole una realidad retorcida y distorsionada donde los dioses ancestrales castigaban a la humanidad con una crueldad indescriptible.

Las pesadillas de Ángela y los sueños de Dante estaban conectados, entrelazados en un enigma que solo los dioses más oscuros podrían comprender.

En otra dimensión, una fiesta magnífica se llevaba a cabo en un suntuoso salón de altas y poderosas columnas que brillaban en la oscuridad como un cosmos envolvente.

Dante contemplaba a los antiguos, a aquellos que vinieron antes. Una realidad diferente se abría ante él como un abismo de conocimiento olvidado. Podía ver a un águila gigante luchando ferozmente contra una serpiente colosal y aplastante en una batalla titánica a muerte. La magnitud de la lucha era inconcebible y Dante se sentía impotente, como una hormiga pisoteada en el acto, insignificante ante la furia de estas fuerzas ancestrales. Fuerzas primordiales colisionaban en una lucha que se libraba más allá del tiempo y el espacio.

Era un espectáculo aterrador y fascinante a la vez, un recordatorio de la insignificancia de la humanidad en comparación con las vastas y antiguas fuerzas que gobiernan el Universo. Un segundo después, Dante se encontraba en un salón desconocido, envuelto en una música que jamás había escuchado. Se desenvolvía como cualquier hombre lo haría en ese tipo de lugar: jugaba a las cartas, reía, apostaba e incluso lograba intimar con algunas personas. Sin embargo, siempre había unos ojos rojos que lo observaban fijamente. Debajo de ellos una sonrisa siniestra de oreja a oreja y un individuo entre la multitud, vestido con una gabardina negra y un sombrero de copa. La gabardina parecía de detective y fue entonces cuando Dante lo reconoció.

Decidió seguirlo, salió del salón y como si una fuerza oscura lo atrajera hacia aquel misterioso personaje, Dante no retrocedió.

Estaba en la Nueva York industrial de principios del siglo XX; grandes maquinarias eran parte del paisaje urbano.

Los mecanismos eran imponentes: engranajes gigantes y humo que se elevaba en el aire. La ciudad estaba sumida en una atmósfera opresiva y misteriosa mientras Dante continuaba su persecución del hombre con sombrero de copa. Los ojos rojos lo seguían a cada paso, aunque Dante no los lograba ubicar.

El hombre misterioso se escabulló entre los puestos de vendimia y se adentró en el metro con Dante pisándole los talones. Con una habilidad sorprendente, Dante logró abrirse paso entre la multitud y acorralarlo en las vías del metro. Por fin Dante pudo verlo de cerca: tenía el rostro de un perro negro, rodeado por ratas que emanaban un hedor nauseabundo. El hombre sonrió de forma siniestra y recitó unas palabras en una voz fantasmal y podrida:

—Himno a la gloria de Osiris.

El metro entero se oscureció bajo un manto tan denso y opresivo que haría enloquecer al más valiente. Un humo verde emergió de las personas que estaban cerca, convirtiéndolas en ratas que se sumaban a las que rodeaban al hombre misterioso.

Dante notó una pila de huesos sobre el suelo, de la cual no se había percatado antes. Mientras tanto, las almas en pena intentaban salir del tren, atrapadas en su último destino. Dante observó horrorizado la escena, pero lo peor aún estaba por venir: al final del túnel, una luz verde y fría resplandecía, atrayendo al tren como una trampa macabra.

Las ratas se iluminaron con ojos verdes, como si estuvieran poseídas por una presencia maligna. Dante pudo sentir el poder oscuro que emanaba de aquel lugar y supo que había caído en las garras de una fuerza más allá de su comprensión, una presencia antigua y malévola que lo envolvía todo en su aura infernal.

El hedor putrefacto del humo y los ojos verdes, que lo observaban desde las ratas, eran un recordatorio constante de que había entrado en un reino de pesadilla. El hombre había desaparecido.

Dante salió del metro sólo para encontrarse con una ciudad transformada. Los anuncios en las calles ahora mostraban imágenes de mujeres con labios rojos, obras de teatro sobre gatos y un espectacular deslumbrante que anunciaba una bebida con luces parpadeantes. Pero lo más impactante era el hombre-perro, ahora vestido con traje y corbata de etiqueta, orejas puntiagudas, una larga nariz y una dentadura afilada, moviéndose ágilmente sobre piernas largas.

Dante no dudó en seguirlo de cerca a través de las concurridas calles de Nueva York. Evitó ser atropellado en varias ocasiones y acabó manchando su traje con la comida de los transeúntes, pero finalmente logró alcanzarlo. Cuando estuvo lo suficientemente cerca de él, lo tomó de los hombros para voltearlo hacia sí. Pero el hombre se había transformado en un enjambre de ratas que se deslizaban entre su ropa y subían sobre él.

Se sacudió las ratas del cuerpo, deshaciéndose de su gabardina manchada de salsa. Con los ojos buscando al monstruo, volvió la mirada hacia el centro de la calle, justo debajo del anuncio de la bebida resplandeciente. Y allí estaba el hombre misterioso, mirándolo con una expresión siniestra. La escena se sentía surrealista: las luces iluminaban el encuentro.

Dante suspiró, resignado a su destino. El hombre-perro siguió su camino y Dante fue detrás de él, convencido de que tenía algo que enseñarle. Mientras caminaban por una plaza, Dante escuchó música que le resultaba familiar: era de los años ochenta. ¿Había viajado en el tiempo a través del sueño o se trataba de algún tipo de truco del ser que lo guiaba? El joven se apresuró entre la multitud, ansioso por descubrir la verdad.

Finalmente llegaron a un imponente edificio y Dante entró detrás de él.

El lugar estaba lleno de ejecutivos elegantemente vestidos con colores llamativos. El hombre-perro se dirigió a un elevador. Dante se colocó a su lado.

Aunque el hombre-perro no hablaba, su mirada ansiosa y su sonrisa macabra tenían un sentido siniestro. Parecía estar disfrutando del momento, burlándose de Dante con su expresión canina y sus gruñidos labiales.

Conforme el elevador subía, Dante se sentía cada vez más intranquilo. No sabía qué esperar, el hombre-perro seguía mirándolo fijamente y él se preguntaba qué secretos oscuros estaría ocultando.

Dante apenas pudo contener la repulsión ante el hedor nauseabundo que impregnaba el aire. Desvió la mirada, conteniendo la respiración, hasta que las puertas del elevador se abrieron y los dos salieron a la parte superior del edificio. Los demás transeúntes que lo acompañaban habían desaparecido y ahora se encontraba en un piso sin paredes, en total oscuridad. Sobre el suelo había lo que parecían ser bolsas apiladas que contenían restos humanos. Dante no podía creer lo que veía.

Afuera, a través de los ventanales del piso, vio una niebla verde que cubría todo Manhattan: había incendios ardiendo en todas partes y helicópteros que buscaban algo en la oscuridad. Fue entonces cuando el hombre-perro se volvió hacia él y recitó enérgicamente:

—Dueño del soplo de la vida, gran príncipe del oriente y occidente, señor de los misterios que siembra el espanto, salve Osiris.

Una luz verde, proveniente de lo más profundo de la ciudad, lo cegó, pero gradualmente esta se fue volviendo blanca hasta que, finalmente, Dante despertó.

—¿Por qué la gente común solo ve y nunca observa? —dijo un hombre que fumaba su pipa en una esquina de la habitación.

Dante, confundido y alterado, le preguntó:

—¿Qué me pasó? ¿Quién coño eres?

El hombre soltó una risa sarcástica.

—Es complicado. ¿Quieres saberlo todo de golpe, muchacho? Debo advertirte que no te lo recomiendo.

—¡Sí, quiero saber cada maldito detalle! —exclamó Dante con impaciencia.

—No deberías decir esas palabras en el hospital que ha curado desde hace siglos a tus antepasados. Solo yo puedo decir malas palabras, imbécil… Tal como creí, no conoces el poder de la palabra. Pero está bien. Si esa es tu petición más pura… —dijo el hombre—. Verás, nosotros somos una de las pocas organizaciones o razas que conocen la verdadera historia de este planeta.

"Isis, Horus, Bastet y a veces Thot, han protegido a la humanidad a lo largo de los milenios.

"Nos llaman atlantes, semidioses, cualquier sacerdote o inventor de civilizaciones antiguas. Otros dioses están más allá de lo terrenal y habitan en el Concilio Astral, dentro de la quinta dimensión".

—¿Los dioses antiguos? Entonces mis suposiciones eran ciertas —dijo Dante, retrocediendo en su cama y notando que sus brazos y piernas estaban sujetos con cadenas.

—Así es, muchacho. Aunque eso solo es el nivel uno de consciencia: unir los puntos —confirmó el hombre.

—De alguna manera sé que esto es cierto, pero suena a fantasía... Necesito respuestas más claras. Explícamelo como si fuera una película de ciencia ficción —respondió Dante, buscando una explicación más comprensible.

—Ciencia ficción... ¿qué es eso? —dijo el hombre, confundido—. Tal vez lo haya visto alguna vez... pero déjame decirte algo, renacuajo de alcantarilla, si no te tomas esto en serio, te meteré en una cápsula de entrenamiento sin traje protector. Te hemos estado buscando durante demasiado tiempo como para que vengas a hablarme de cosas de la superficie —gruñó el hombre—. Como te decía. Los hermanos, en un principio, fueron respetuosos el uno con el otro cuando fueron enviados por el jefe del Concilio. Seth no buscaba hacer daño a las personas ni esclavizarlas, él comprendía que su condición era una bendición; sabía que cada persona, dios o cualquier ser en el planeta y el Universo, era parte de un plan maestro de las estrellas.

"Además, en este plano podía estar con el amor de su vida, una humana de una belleza inigualable. Sin embargo, después de cien años de estar junto a su amada, su cuerpo empezó a consumirse debido a una enfermedad y Seth, desesperado, se volvió egocéntrico y radical porque no entendía las razones de su padre, Ra, el Universo y jefe del Concilio Astral.

"Sembró la duda y el odio en lo que antes era obvio... lo que antes era normal, vivir entre dioses, se volvió un caos. Fue entonces cuando comenzó la primera Gran Guerra de Gia.

"Una noche, Osiris, impulsado por la embriaguez, reveló frente a sus esposas, en voz alta, burlándose, el plan de su padre y los demás dioses. El plan era encerrar a Seth en este mundo.

"Al enterarse de los planes en su contra, Seth decidió continuar enseñando su conocimiento a los humanos, pero solo a unos pocos. Fue en ese momento que nacieron sus seguidores, seres de poder inmenso que alteraban la vida de manera insana y profana para vivir milenios. Como en un juego de ajedrez cósmico, Ra envió a Thot como mediador entre los hombres y portador del antiguo conocimiento. Además, Thot sería el único capaz de crear las armas que pudieran destruir a Seth.

"Pero el Concilio estaba cansado de enviar más hijos de Ra para contrarrestar a Seth y los resultados eran pocos. El poder de Seth se basaba en la ambición, el odio, la duda y la incredulidad, así como en la destrucción. Aunque Seth poseía la rara cualidad del amor, no la utilizaba de manera correcta.

"El primer hijo de Ra... ¡quién lo hubiera imaginado! Los dioses no podían intervenir sin arruinar la evolución del hombre, pero algo debía hacerse. Seth había engendrado una semidiosa con su amada y había corrompido a los hombres más fuertes e inteligentes, quienes se rebelaron contra el orden establecido por el Universo. Surgieron dos megacontinentes dominados por los atlantes y los lemurianos, que conquistaron brutalmente a otros hombres. En ese momento el Titiritero del Concilio y del Universo permitió, por primera vez, que sus hijos engendraran descendencia con mujeres humanas, creando semidioses con el fin de acabar con Seth.

"Antes de la primera Gran Guerra, ciudades como Atlántida y Lemuria eran auténticos paraísos para la humanidad. Su arquitectura estaba compuesta de piedras con formas geométricas perfectas que funcionaron como conductores de energía. La naturaleza se consideraba sinónimo de civilización, y todas las criaturas inteligentes de la Tierra evolucionaron en armonía con los humanos. La tecnología de estas ciudades era asombrosa, ya que solo se necesitaba la luz del sol y la luna para satisfacer las necesidades de la gente.

"La raza humana en esos tiempos era exquisita: ojos de colores deslumbrantes y una longevidad que los llevaba hasta los quinientos años. La raza estaba intrínsecamente conectada con la Tierra y poseía habilidades que ahora conocemos como magia, chamanismo, habilidades psíquicas; gracias a su poder mental y lingüístico.

"Con el paso de los milenios, los hijos de cada dios se distinguieron por el color de sus ojos, marcando su linaje divino. Las guerras no cesaban y los descendientes de los dioses demostraban ser más eficaces en la lucha, pero aun así no lograban derrotar a Seth. Además, Seth había corrompido a dos de sus familiares y a sus descendientes. Anubis fue manipulado por Seth para obtener más riquezas y libertad en la práctica de la magia, ya fuera oscura o blanca. Osiris fue asesinado por Seth y los seguidores de este colocaron un hechizo en su cuerpo, que requería el sacrificio de más de la mitad de sus sacerdotes para manipularlo a su antojo. Isis, devastada, no podía siquiera imaginar la atrocidad que habían cometido en su esposo debido al poderoso hechizo.

"Los seguidores de estos cultos oscuros decidieron atacar a través del Árbol de la Vida, línea del tiempo sagrada que los dioses cuidaban para alimentar al planeta y a todas las criaturas vivientes, continuaban masacrando a los humanos considerados inferiores. Ante esta serie de eventos, el Concilio Estelar no tuvo más opción que derretir los polos de la Tierra, hundiéndola y causando la muerte del cuerpo original de Seth.

"Osiris, manipulado por Seth, se presentó ante el Concilio, revelando que él y su hermano Thot habían construido un mecanismo de supervivencia en las profundidades, burlándose de los dioses que aún moraban en las estrellas.

"El Concilio sabía que Seth había manipulado a Osiris y que este había manipulado a Thot, pero ya no podían hacer más que mover los hilos de los astros para guiar a la humanidad hacia un futuro mejor y dar órdenes a los humanos inferiores para que sobrevivieran a tal cataclismo, ya que el líder del Concilio no les permitía intervenir.

"Las ciudades se hundieron en las profundidades, y solo aquellos con suerte o la sangre de los dioses corriendo por sus venas lograron sobrevivir, ya que el centro de cada ciudad contenía el mencionado mecanismo de supervivencia. Las ciudades sumergidas, sostenidas por los cetros divinos de los dioses enviados por Ra, eran la última esperanza para la vida en las profundidades. Los antiguos supervivientes compartieron su conocimiento con los menos afortunados.

"Pero los cultos se dividieron en dos facciones irreconciliables. Por un lado estaban aquellos que apoyaban a Seth en su despiadada búsqueda de conquistar todos los mundos, esclavizando a la humanidad para que la galaxia los venerara. Su obsesión enfermiza y la creencia de que solo su raza era digna de gobernar impulsaban su violento afán de dominio. Por otro lado, estaban aquellos que amaban a Gia, creyendo en una colonización de otros planetas basada en el amor y la diplomacia, respetando toda forma de vida como base de la preservación y la creación. Para ellos, el amor era la misma causa de la vida en la galaxia.

"Los supervivientes vivían en las profundidades, cazando su comida y practicando una forma ancestral de cultivo. Utilizaban máquinas acuáticas tripuladas para cosechar las plantas más curativas y peligrosas que crecían en lo más profundo del océano. Estos conocimientos alquímicos evolucionaban cada vez que la realeza de las ciudades submarinas lo consideraba apropiado, con el objetivo de investigar el planeta en su totalidad. Se dedicaban a purificar las aguas de estos seres oscuros, creando recintos submarinos que eran verdaderas maravillas, aunque ya no eran los lugares idílicos de antaño: la guerra también los alcanzó.

"Las dos ciudades, de los dos continentes, se enfrentaron en batallas submarinas, sacudiendo la corteza terrestre con cada conflicto. La situación era desesperada, mientras Seth y sus seguidores avanzaban implacables en su intento de dominación galáctica, manipulando a los dioses caídos y sembrando la destrucción a su paso. La lucha por la supervivencia y la preservación de la Tierra se había vuelto más feroz que nunca, mientras los abismos oceánicos ocultaban secretos oscuros y peligros inimaginables acechaban en las profundidades.

"Pero todos los esfuerzos fueron en vano: Seth expulsó a los humanos que habitaban en las profundidades hacia la superficie mediante el uso del veneno de kraken. Este veneno era tan devastador que obligó a los humanos menores a huir a la superficie, pues era casi imposible de descontaminar y resultaba mortal para sus frágiles cuerpos. A medida que el tiempo pasaba, las aguas contaminadas sanaban lentamente gracias a las máquinas purificadoras, pero los hijos de los dioses de la luz sabían que la verdadera batalla ahora se libraba en las sombras.

"El Deep-End Core fue creado como un medio para luchar contra estas poderosas criaturas. Los humanos no debían vernos, ya que el Concilio temía que sus preciados hijos, que gracias a Seth poseían una naturaleza destructiva, nos eliminaran por miedo a lo desconocido. Además, esto pondría fin a la evolución de la Tierra y causaría que descubrieran el átomo y lo utilizaran con fines bélicos, como la energía nuclear, cosa que hicieron gracias a tu familia.

"Los seres vivos estaban compuestos de átomos, y el átomo se veneraba como a la naturaleza misma, para mantener el equilibrio del Universo.

"El Concilio, en ocasiones, ayudaba a sus hijos a difundir sus ideales y, como un acto de amor, el Maestro de Marionetas, Ra, encarnando por primera vez, sembró su semilla en la realeza de los antiguos atlantes. Ahora eran los únicos con el poder de liderar el Concilio y enfrentarse a Seth. Sin embargo, a medida que pasaban los milenios, la sangre real se sacrificaba una y otra vez en vano, intentando derrotar a Seth. Las criaturas mágicas, temerosas de la creciente influencia de Seth sobre las mentes humanas, se ocultaron en las sombras.

"Fue en 1914 cuando Ulises Nikolaidis, profundamente preocupado por encontrar una forma de derrotar a Seth, entabló una amistad con el Dios Oscuro. Ambos sabían que podían colonizar otros planetas mediante una poderosa máquina que habían construido, capaz de generar energía limpia al capturar el reflejo de estrellas aún más distantes que el sol. Cualquier planeta, estrella o luna, podía ser asimilada por este invento ancestral. Sin embargo, todo era una trampa urdida por Seth para liberar a su amada, recuperar su verdadera forma y, junto a ella, dominar el mundo y, eventualmente, el Universo. Ulises, con gran perspicacia, se dio cuenta de los oscuros planes de Seth y, habiendo planeado desde el principio su destrucción, sacrificó su vida al crear un poderoso hechizo que encerró al dios en su laboratorio. Pero no sabía que su familia caería en manos del culto de Seth, lo que significaba que solo la mitad de la derrota en esta batalla oculta había sido alcanzada.

"El individuo que te atacó no es un simple hombre, sino un dios en sí mismo... Seth en persona. Tienes suerte de seguir con vida.

"Cada dios egipcio tiene su propio culto, aunque antes los llamábamos por otros nombres. Sin embargo, pronunciar esos nombres en el antiguo idioma de los atlantes es invocarles y faltarles el debido respeto. La civilización egipcia fue la que mejor comprendió la realidad, por eso hemos adoptado los nombres del Nilo, para ocultarnos y mezclarnos entre los humanos, evitando ofender a los dioses.

"Los cultos de Horus, Isis, Bastet y Thot son los más importantes en esta lucha. Thot, sin embargo, se ha escondido incluso de nosotros, presa del temor. Nos acusan de utilizar su culto para acabar con el planeta, pero nadie ha visto a más de diez de sus miembros en más de un siglo, y lo que dicen es una vil mentira. Los verdaderos enemigos, aquellos que buscan acabar con toda la vida natural en este mundo y en otros aún por descubrir, son los cultos de Anubis, Osiris y Seth. Los dos últimos, manipulados por Seth, como mencioné antes, han caído en la corrupción.

"Algunos atlantes, a quienes se les encomendó la responsabilidad de gobernar sobre todo lo conocido, se corrompieron. Antes no eran malvados, Osiris aún puede ser redimido. Sin embargo, él está aprisionado y su poder está conectado a un pilar del inframundo.

"¿Qué me falta? ¡Ah, sí! —dijo el hombre con una sonrisa irónica—. La inteligencia de la familia real atlante, tu familia, fue vilmente aprovechada por el culto de Seth, lo que causó el calentamiento global y todas las desgracias que han asolado a la humanidad. Ra no castigó después de eso, simplemente permitió que evolucionáramos porque tiene fe en la sangre que corre por tus venas, muchacho. Es por eso que, si mueres, el Universo desatará un nuevo apocalipsis.

"Después de todo lo ocurrido, solo unos pocos atlantes buenos sobrevivimos. Nos dispersamos por todos los rincones de este mundo para enseñar y capacitar a los humanos.

"Antes de que digas algo, sí, muchas veces nos vimos obligados a realizar experimentos con ellos para ver si evolucionaban, lo que hicieron, y ahora estamos en el año 2020 de nuestra era.

"Algo de esto estaba contenido en la gran Biblioteca de Alejandría, pero el culto de Seth la quemó para poder controlar a la humanidad. En honor a esa pérdida de conocimiento, llevamos los nombres egipcios de los dioses.

Tú eres el último descendiente de la Casa Real Atlante, niño, el único que puede acabar con Seth y crear a su sucesor para reemplazar a este dios que está corrompido y solo sabe destruir".

Así terminó su relato el hombre, justo cuando se le acabó la pipa. Luego volvió su mirada hacia Dante y descubrió la expresión de horror que tenía en el rostro.

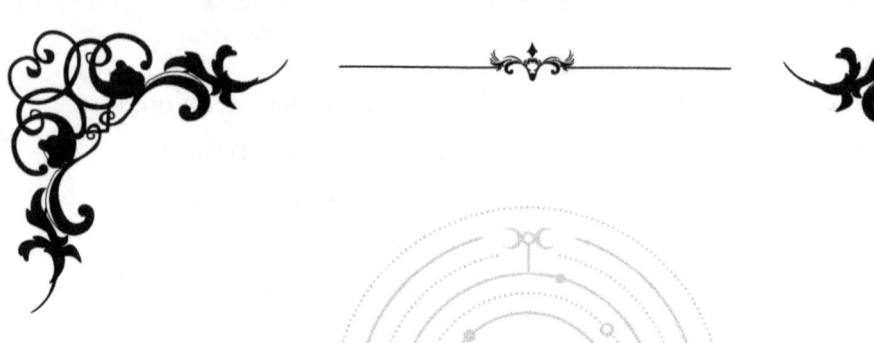

CAPÍTULO 4

—¿Qué estás diciendo? —exclamó Dante con lágrimas en los ojos—. ¡Esa es demasiada responsabilidad para mí! Yo soy un niño rico de Nueva York, me gasto mi fortuna en mujeres y alcohol. No me puede estar pasando esto. Desperté un poder en mí que no sabía que tenía... pero esto, esto es diferente. Ni siquiera sé si ustedes son los buenos —Dante se agitó en su cama y las cadenas sonaron pesadas contra ella—. Déjenme salir. Seguramente todo es un sueño y me voy a despertar en poco tiempo. Sí, no ha de faltar mucho, así que sólo me quedaré acostado aquí, esperaré a que me maten o algo, y todo volverá a ser lo mismo.

—¿Acaso eres imbécil? —rugió el general, agarrando a Dante por el cabello para alinear su mirada con la suya. Sus venas se veían exaltadas y el humo de su tabaco salía con cada palabra que gruñía— ¡Debería hablar con Hatshepsut! ¡Se han equivocado contigo!, alguien de la familia real no sería tan banal y patético como tú. ¡Aunque no seas el indicado, eres un descendiente de la sangre antigua, así que escúchame bien! ¡Comenzarás tu entrenamiento dentro del Deep-End Core, aprenderás nuestras costumbres, me regalarás tu sangre, sudor y lágrimas hasta que de tanto entrenar las venas te exploten desde dentro, maldito caballito de mar! ¡Y cuando mueras, evaluaremos si eres digno de volverte uno con el océano y el Universo a través los ritos sagrados, o si, en cambio, te daremos a los moluscos!

"¡Oh, muchacho... te has metido en aguas profundas, unas que presionan hasta huesos que, aunque tengas mucha inteligencia, no sabías que existían en tu cuerpo! ¿Oyes eso?"

Dante le sostuvo la mirada, intentando moverse para dejar de verlo, sin resultados. En lo más profundo de sí mismo escuchaba el sonido de su corazón y el murmullo del mar.

—¡Eso es el sonido de la muerte, un canto milenario de criaturas mixtas e interminables capaces de arrancarte la cabeza hasta por accidente! —Y luego en un susurro—: Misterios de antes de la civilización, magia que ni en miles de años hemos comprendido del todo. ¡Te meteré en un Keops y te daré de comer a los kraken! ¡Te presentaré a tus semejantes y haré que se burlen tanto de ti que te mearás encima! ¡Te reb...! —El hombre fue interrumpido por una voz que salía del comunicador en su peto metálico.

—General Ikarus, sargento Diácono reportándose. Él es Dante Nikolaidis... no hubo error. Los comandos especiales llevan meses vigilando, así que haga lo que quiera con él, pero no lo tire a los kraken.

—Parece que los dioses te protegieron hoy. Calamar con suerte... —agregó entre dientes el hombre.

Dante, con el rostro contorsionado por la desesperación, dejó escapar un grito gutural que resonó en toda la habitación. Sus ojos, antes opacos y vidriosos, ahora brillaban con un azul inquietante, emanando una luz sobrenatural.

Las ventanas temblaron y terminaron por resquebrajarse bajo la fuerza de su poder mientras el general, el hombre que apenas hace unos segundos lo amenazaba, se agachaba, atónito.

Sin perder un segundo, Dante hizo estallar las cadenas que lo retenían, liberándose con una mueca de triunfo. Ikarus intentó detenerlo con un par de golpes, pero Dante los esquivó con una agilidad sorprendente. Un puñetazo del general golpeó la cama, misma que se desmoronó en mil pedazos, y otro hizo un agujero en la pared.

Con una mueca de desprecio, Dante empujó a Ikarus con un solo brazo: tenía una fuerza más allá de la humana. El general fue lanzado violentamente contra la pared, quedó aturdido y desorientado. Dante aprovechó la oportunidad y se lanzó a la huida.

Con la mente agitada y el cuerpo ácido de adrenalina, salió del cuarto y divisó un corredor a su izquierda. Sin dudarlo, corrió a toda velocidad, esquivando a los médicos que intentaban detenerlo.

—Lo subestimé —jadeó Ikarus sintiendo el intenso dolor.

Los ojos de Dante brillaban con una luz intensa, dejando una estela luminosa a su paso, como la última vez que había manifestado su incontrolable poder.

Llegó a una compuerta que se abrió frente a él, revelando un ascensor. Entró, presionó el botón del piso cero y ascendió. Pero de inmediato un altavoz dentro del ascensor reprodujo un mensaje de alerta que resonó en sus oídos y en todo el complejo.

—Intento de escape del sujeto 3355. Inmovilizarlo es prioridad nivel uno. Se dirige al ala sur.

El ascensor se detuvo y la aguda mente de Dante analizó cada centímetro de este. Observó que una compuerta a su lado derecho estaba floja. Sin pensarlo dos veces, golpeó todos los botones del ascensor, abrió la compuerta y se aventuró en ella. Casi de inmediato, el ascensor se detuvo y varios guardias entraron en él. Sin embargo, y para su sorpresa, Dante ya no estaba en el ascensor, había escapado y ahora se encontraba en un lugar desconocido para ellos, fuera del ascensor.

—No hay señal del fugitivo. Ha cambiado de rumbo —dijo uno de los guardias, aún buscando en vano.

Dante sabía que estaba en una situación desesperada, así que se lanzó al vacío, se agarró con fuerza de uno de los cables y escaló hasta la parte superior.

Con agudeza analizó la situación y notó que uno de los cables del elevador se dirigía hacia abajo, y, si se colgaba de él, podría ascender en lugar de descender. Esperó ansiosamente a que el elevador comenzara a bajar, anhelando salir de ese lugar de una vez por todas. Sin embargo, la suerte no estaba de su lado, ya que de inmediato dos guardias se unieron a él en su ascenso. Ambos llevaban mochilas cohete y armas cortas que Dante rápidamente identificó como dardos tranquilizantes de una tecnología desconocida.

Dante se balanceó ágilmente en los cables de tracción, evadiendo hábilmente los disparos de los guardias mientras tomaba impulso. Con un salto audaz, se abalanzó hacia los dos guardias, usando su velocidad y agilidad para esquivar los dardos tranquilizantes que venían en su dirección. Con movimientos precisos, se enfrentó a los guardias en un combate cuerpo a cuerpo, utilizando el entorno a su favor. Con movimientos fluidos, desarmó a los guardias y los neutralizó con golpes certeros.

A medida que tomaba impulso, saltó hacia un grupo de guardias, desencadenando una secuencia de movimientos acrobáticos sorprendentes. Sus movimientos eran gráciles y precisos, demostrando una destreza marcial única. La escena era frenética, dardos tranquilizantes zumbaban en el aire. Su determinación era inigualable.

Finalmente, con un último golpe magistral, Dante logró neutralizar a los guardias, mismos que cayeron inconscientes en el techo del elevador. El joven respiraba agitadamente, su corazón latía con fuerza.

Otro grupo de guardias quedó perplejo al presenciar las asombrosas habilidades acrobáticas de Dante.

—¿Está viendo lo mismo que yo, general Maquiavelo? ¿Fuego a discreción?

Los demás soldados apuntaron sus armas a Dante, preparados para abrir fuego. Dante levantó lentamente la cabeza, pues su visión estaba parcialmente obstruida por su cabello y barba, mismos que habían crecido sin restricciones durante su tiempo en coma. Con movimientos fluidos se movió hacia los guardias, desencadenando una serie de piruetas y acrobacias nunca vistas. Los guardias abrieron fuego a discreción, pero Dante se movía con una agilidad y destreza que parecían desafiar las leyes de la física.

La visión de Dante estaba distorsionada, como si el tiempo se hubiera ralentizado ante su percepción. Con una acrobacia asombrosa, pateó con fuerza a uno de los guardias, lanzándolo hacia la parte superior de otro elevador a su izquierda. Luego, con una llave magistral, desarmó al otro guardia y lo dejó inconsciente. Sin perder tiempo, se puso la mochila-cohete y la analizó con una concentración sagrada que sólo él parecía tener.

Me han subestimado, y ahora pagarán las consecuencias, pensó, lleno de determinación. El joven atlante se lanzó a toda velocidad por el colosal túnel en vertical, notando que el elevador en el que iba subía más rápido que él y su mochila-cohete. Sin inmutarse, Dante se movió a un lado del elevador, ya que no todos los guardias habían salido a detenerlo. Pero pronto se arrepintió de su pensamiento, pues las puertas de entrada y salida de los elevadores en todos los niveles se abrieron de repente. De allí salieron hombres armados que disparaban rifles, ahora con balas que, al impactar, desprendían una sustancia morada brillante.

Dante esquivó las balas mientras intentaba aferrarse al elevador desde abajo para tener cobertura y rapidez. Finalmente logró subir aferrándose a las estructuras de metal, pero el elevador se detuvo repentinamente, causando que Dante chocara con la parte inferior del mismo.

Dante se soltó del elevador y trató de subir usando su mochila-cohete, pero se dio cuenta de que esta se estaba quedando sin energía. Rápidamente lanzó la mochila a unos guardias, provocando una explosión que los distrajo. Aprovechando el humo, Dante entró en otro elevador y seleccionó el penúltimo piso, rompiendo los controles de un fuerte puñetazo para asegurarse de que no lo detuvieran esta vez.

Ya no estaba tan lejos del último piso, así que esperó a que otro guardia entrara por la puerta. El golpe que Dante le dio fue tan feroz que Ikarus, en otro elevador, escuchó los gritos del guardia a través de su comunicador. Sin perder tiempo, Dante arrojó al guardia al vacío después de arrebatarle el arma; sabía que caería en la parte superior de otro elevador.

Con rapidez, Dante noqueó a los guardias que salían de las habitaciones del piso con sorprendente facilidad, usando un arma extraña pero similar a las del mundo humano. Fue entonces cuando vio un letrero que decía <HANGAR>, entró y observó varios vehículos extraños. Presionó un botón en la pared frente a los vehículos y la compuerta se abrió, revelando una carretera.

Junto a él había lo que parecía una motocicleta de montaña, y aunque nunca había usado una, Dante confiaba en su inteligencia para manejarla sin problemas. Subió a la moto y notó que algunas piedras se movieron desde el exterior, delatando que se encontraba en un escondite en una montaña junto a un enorme lago en forma de círculo, rodeado de montañas imponentes.

Arrancó la moto por pura intuición y aceleró por la bajada de piedras que tenía frente a él, sorprendido de notar que su cuerpo controlaba la moto de forma natural. Las velocidades bajaban la moto sin problemas y, cuando llegó a una pendiente de concreto, aceleró con todas sus fuerzas. Sin embargo, ese fue el momento en que sus ojos dejaron de iluminarse y perdió el control de la moto, cayendo inevitablemente. Dante voló por los aires. Impulsado por la intuición y la necesidad de protegerse, con agilidad rodó al caer para evitar cualquier daño.

Al incorporarse, su mirada se posó en una estatua de una figura antropomorfa que identificó como Isis, tenía la misma energía, solo que en realidad se trataba de una estatua de Panagia. Ya lo sabía, pero no contaba con que ella y su protección siempre habían estado con él. Sin la ayuda de Isis habría perecido en la batalla contra Seth y este habría triunfado. Comprendió que todo lo que había creído hasta ahora no era más que una ilusión creada por los seguidores de Seth, y que la energía negativa de la superficie, tras haber estado en el Core, era abrumadora para él. Comenzó a sentirse enfermo y no podía respirar bien, afectado por la contaminación, el abuso de la energía del carbón y los males del mundo.

En ese momento, divisó a lo lejos a Ikarus en otra motocicleta. El hombre frenó y le habló.

—¿Recuerdas lo que te dije allá abajo? Ahora multiplícalo por cien —le dijo—. Señora, ¿vio lo mismo que yo? —añadió, dirigiéndose a la Hatshepsut a través de su comunicador.

—Afirmativo. Tiene la habilidad que estamos buscando. Necesitamos un médico de inmediato. Pediré un vehículo médico —respondió la Hatshepsut.

El hombre se presentó formalmente como Ikarus Maquiavelo, general del Deep-End Core, con el rango de Horus. Le advirtió a Dante que, si quería sobrevivir, debía seguir sus órdenes y controlar sus habilidades, ya que, de lo contrario, no toleraría su presencia por mucho más tiempo, llamándolo escoria soberbia. Dante comprendió que su orgullo y miedo lo habían llevado a esta situación crucial en su vida. Aunque los miembros del Deep-End Core no eran malos, ahora debía entrenar arduamente para enfrentarse a Seth y salir victorioso.

CAPÍTULO 5

—Imbécil, casi pereces en esa máquina infernal. Si mueres, habrán triunfado. Has escupido en el rostro de tus ancestros y en su sacrificio. Y eso jamás te lo perdonaré —le espetó Ikarus Maquiavelo con la mirada fija en el horizonte.

Dante se puso de pie mientras dos imponentes camionetas negras llegaban al lugar del choque. Subió en una de ellas y reflexionó sobre su caída.

—Debes tener respeto por todas las cosas de este mundo —continuó Ikarus—. ¿Cómo está tu cabeza? —preguntó.

—Bien, aunque siento que si me duermo algo malo podría ocurrir —contestó Dante.

—Tienes una contusión, pero los médicos te curarán. Aguanta, tal vez estén enfadados contigo por tus acciones, pero estarás bien —dijo Ikarus, que no podía creer que en este joven patético yaciera el futuro de la humanidad.

Por el resto del trayecto, Dante no habló mucho. Sabía que le esperaba un arduo y duro entrenamiento. Su vida había cambiado de la noche a la mañana y tenía claro que debía prepararse para los desafíos que se avecinaban.

Cuando llegaron al Core, atravesaron un pasadizo oculto detrás de una cascada de belleza indescriptible. El agua era cristalina y Dante tuvo la sensación de que se acercaba a la luz al final del túnel, porque así era: al fondo del pasadizo los recibió una luz blanca. Debido a su imprudencia, ahora tenía la constante sensación de que podría morir en cualquier momento o que ya estaba muerto.

Al bajar de la camioneta y entrar a los pasillos largos, iluminados por lámparas en forma de calamar, Dante intentó ponerse en pie, mostrando a los demás que sus heridas no eran tan graves, buscando demostrar que no había sido tan irresponsable. Sin embargo, sus intentos fracasaron y cayó al suelo debido al intenso dolor que lo abrumaba.

La tarde se acercaba, o al menos eso pensaba, ya que debajo, en las profundidades del abismo, todo era ominoso y oscuro.

Volvieron a subir a un elevador. Los médicos del lugar llevaban trajes metálicos con brazos mecánicos y unas extrañas piedras que parecían ser parte de su equipo. Dante guardó silencio: no estaba seguro de seguir con vida.

A regañadientes lo colocaron en una camilla de color naranja y lo llevaron a la sala de operaciones. Mientras yacía acostado, las luces le lastimaron los ojos y, sobre él, se sucedieron rostros desconocidos mientras luchaba por no dormirse. Escuchaba voces y murmullos en los pasillos, pero no podía entender las conversaciones. Todo parecía confuso y desconcertante en su estado debilitado.

De repente, la camilla se detuvo abruptamente.

—Conocerás a Cornelius, es un doctor extremadamente versátil y el único miembro del culto Thot que colabora con nosotros —le informó Ikarus.

Todos sabían que Dante pertenecía a la realeza, pero se movían con lentitud y con una expresión de enfado, resentidos por el intento de escape.

—No lo desesperes, y, por lo que más quieras, no le preguntes sobre su música. Jamás dejará de hablar... Calamares hediondos, a ese necio, a veces me dan ganas de matarlo.

—¡Ikarus, tan saludable y feliz como siempre! —susurró Cornelius sin levantar la cara, ocupado en un experimento—. ¿Este es el espécimen?

—Afirmativo, musgo de laboratorio. Asegúrate de tratar a Su Futura Majestad como se merece —contestó Ikarus con desprecio.

—Esfúmate, simio —respondió Cornelius, dándose la vuelta y presionando unos botones de una caja metálica—. Aquí solo pueden estar seres que no contaminan el ambiente con sustancias corrosivas para el aparato respiratorio.

El doctor tomó una caja para activar la camilla y ésta se incorporó a una pared con símbolos de ojos y deidades egipcias mediante unos brazos metálicos, aún sin levantar la cara, absorto en sus experimentos.

—Soy el doctor Cornelius. Si intentas escapar de nuevo, te cortaré las piernas, se las daré a mis pirañas, y te pondré unas que yo pueda controlar. Relájate y confía en la medicina de tus ancestros —pronunció Cornelius con voz siniestra y decidida.

Dante, con las venas en los ojos debido al impacto, no tenía otra opción más que confiar en el doctor, y rogar a los dioses que lo ayudaran a salir de esta pesadilla.

—Déjame conectar estos últimos detalles y estarás listo para la reconstrucción —dijo el doctor con preocupación, y, al terminar de hablar, comenzó a tararear una melodía que parecía jazz de los años veinte.

Al presionar un botón en su pecho, la pared se tornó de un azul claro como el agua y Dante luchó por no quedarse dormido.

Mientras, el doctor se acercaba lentamente, moviendo y controlando sus brazos robóticos, creando una especie de orquesta de utensilios. Finalmente, el doctor se acercó a Dante, asustándolo en el camino. Solo se podía ver, con los ojos entrecerrados de Dante, un lente metálico que parecía moverse solo, y escuchó las palabras del doctor.

—No estás muerto, espécimen. Duerme para que la operación pueda continuar.

Aceptando su destino por completo, Dante intentó dormir, pero, después de todo lo que había presenciado en estos días, le resultaba imposible conciliar el sueño. Aunque él sabía que era por miedo a morir, solo logró articular tres palabras:

—No debo dormir.

El doctor se acercó y rio al mismo tiempo, dando tres palmadas. En ese momento, Dante sintió cómo unas jeringas se adherían a su cráneo y se desmayó en el acto.

El sueño de Dante se volvió una experiencia cósmica mientras caminaba entre estatuas gigantes de plata en el vasto espacio exterior. Las estatuas se asemejaban al dibujo del ser alado que había creado en su casa, con ojos brillantes como los suyos, una corona "egipcia" y brazos cruzados al estilo de las momias faraónicas. Sentía que era juzgado por estas imponentes figuras, pero sus intentos de hablar resultaban inútiles. En cambio, se concentró en seguir la estrella más brillante de la galaxia, guiado por una fuerza irresistible. Pronto llegó a un lugar que lo dejó atónito.

Había anillos con sillas hechas de un metal resplandeciente, como plata pura. Dante no sabía qué pasaba, pero recordó una pintura renacentista que había visto en su casa antes de caer en coma: ángeles en el cielo formando un círculo con infinitos niveles. En el centro y al fondo de estos interminables anillos, un símbolo azul brillante se presentó, luego sintió una presencia a su izquierda y, al mirar de nuevo hacia arriba, vio que las sillas ahora estaban llenas de seres de luz blanca con toques de azul, emanando un poder que se podía sentir en cualquier parte del Universo. Estos seres inclinaron la cabeza en reverencia a Dante.

Sorprendido, Dante pensó: *estoy muerto*. Pero entonces sintió unos hilos de luz que lo sujetaban por la espalda y cabeza, y escuchó una voz que le decía:

—No estás muerto, pero al ir en esa moto casi nos matas a todos.

Dante se volteó y vio a un ser enorme, hecho de estrellas y galaxias. Sus ojos principales estaban conformados por los dos astros más brillantes de esta galaxia, su tercer ojo era la Osa Mayor, y una corona circular hecha de galaxias flotaba sobre su cabeza. El ser hecho de galaxias controlaba a todos los seres vivos del Universo como un maestro ventrílocuo, se presentó como "Puppet Máster", líder del Concilio que había sido formado a lo largo de la historia del Universo. Algunos de los miembros del Concilio tenían formas que recordaban a los signos del zodiaco.

—No necesitas hablar para esta conversación, porque podemos leer tus pensamientos —dijo el ser titánico hecho de galaxias, dirigiéndose a Dante. Luego le preguntó—: ¿Por qué te perdiste, hijo mío?

Dante se mantuvo arrodillado, como los caballeros medievales, y pensó en su respuesta.

—¿Por qué no sabía de mis ancestros?

El ser estelar le respondió que el mundo estaba siendo controlado por fuerzas malignas, y que él sólo podía guiar a los seres humanos para que no cayeran en la deshonra y destrucción en medio de tantas adversidades.

—He tenido que "descuidarlos" un poco, en este universo no solo existe el planeta que habitas —contestó el ser, refiriéndose a Dante como su semilla amada—. ¿Qué necesitas para acabar con el mal en este planeta? —preguntó el supremo que yacía en el cosmos.

Dante reflexionó sobre lo que el dios le preguntaba y respondió en un tono reverente, consciente de la trascendencia del "lugar" en el que se encontraba.

—El conocimiento y la fuerza que necesito para ayudar a mi planeta, oh, Divinidad, es el entendimiento completo de la verdad detrás de lo desconocido. Mi lenguaje mortal puede no ser suficientemente específico para describirlo, pero tú, que eres omnipotente, sabes exactamente lo que busco.

El Concilio se "burlaba" de Dante, susurrando entre las estrellas, ya que ellos conocían el final de la historia, pero él no se dejó intimidar. En un arranque de valentía, exclamó:

—No tengo que exigir nada —las palabras fluían de su boca sin que él las controlara, lo cual sorprendió al Concilio Astral. Alguien había hablado sin permiso en ese sagrado recinto, algo que jamás había pasado.

La deidad, aunque imponente y algo impresionada, escuchó las palabras de Dante con atención.

—Estás en un lugar donde todos los maestros ascendidos de cada planeta residen, así que ten cuidado con tus palabras —advirtió—. Pero te escuchamos. Cuéntame tu historia —dijo la deidad en un tono grave.

Dante, consciente de la magnitud de la ocasión, compartió su historia:

—Para mí, la vida en la Tierra era normal hasta que conocí lo desconocido. Tenemos cuerpos más fuertes que los otros hombres, pero aun así la mortalidad es inminente. ¿Por qué es así? —preguntó, buscando desentrañar el enigma de la existencia humana.

Dante escuchó las palabras de los seres del Concilio con una mezcla de asombro y gratitud.

—Tendrás nuestra protección, hoy y siempre. Los hombres buscan la inmortalidad del cuerpo cuando ya son inmortales, la energía no se puede crear ni destruir, solo transformarse. Yo soy el inicio de todo, y el final. Todos los seres de todas las realidades son un pedazo de mí, una extensión de mi consciencia, en algún momento serás yo, por un breve instante. Todas las realidades son capacitaciones para que aprendas lo necesario; hay seres que no lo comprenden y buscan esa inmortalidad —declaró solemnemente.

Pero también le reprocharon la culpa de su raza por la destrucción de lo natural en su planeta de origen. El Ser Supremo hecho de galaxias que yacía en el centro de los anillos hizo una pregunta enigmática:

—¿Ustedes qué opinan, hijos?

Uno de los miembros del Concilio, con dos cabezas muy extrañas, expresó su apoyo a Dante, afirmando que el joven podría salvar al planeta. Otro ser de luz con forma de centauro también se mostró dispuesto a ayudar. Sin embargo, el Ser Supremo les recordó que no podían intervenir directamente, pero ofreció a Dante una oportunidad: si lograba ver lo que no se ve, identificar las señales ocultas en números, personas cercanas, y usarlas para su crecimiento, enviarían a los últimos seres mitológicos para ayudarlo.

Dante se sorprendió al darse cuenta de que no estaba muerto, y que todo lo que estaba sucediendo era real, pero en otra dimensión. Se sintió honrado de haber sido acogido en ese recinto sagrado, y prometió no decepcionar a los seres que lo rodeaban.

Un ser alado con cabeza de águila le habló sobre la importancia de ser honorable en su vida para ganarse un lugar en el Concilio. El Ser Supremo lo miró a los ojos y le advirtió que todavía no se había ganado el derecho de morir, pero que, si lograba hacer un cambio positivo en su planeta, sería bienvenido nuevamente.

Con estas palabras resonando en su mente, Dante sintió que algo lo jalaba de regreso a la Tierra y cayó de nuevo en su cuerpo. Se dio cuenta de que había recibido una oportunidad única y se comprometió a seguir sus instintos y trabajar para lograr un cambio positivo en su planeta, sabiendo que su familia podría ser tanto una bendición como una amenaza.

Con determinación en su corazón, Dante se preparó para enfrentar los desafíos que se avecinaban, con la esperanza de ganarse el favor de los seres supremos una vez más.

Dante cayó en su cuerpo asombrado de lo que había visto.

CAPÍTULO 6

Dante, con la mente aún llena de visiones de galaxias, conocimiento sagrado y seres astrales, escuchó las palabras del doctor Cornelius mientras recuperaba la consciencia. Sus ojos se abrieron lentamente, revelando una mezcla de tranquilidad e impaciencia en su mirada. Había tenido una conversación con las estrellas, ahora sabía que tenía mucho trabajo por hacer para ganarse un lugar en el Concilio y ayudar a su raza.

Cornelius, con sus brazos robóticos, se acercó para liberar al joven.

—¿Cómo te sientes? ¿Te duele algo? Tómatelo con calma. Han pasado trece horas. Eres afortunado de haber llegado a mi consultorio —dijo el doctor—. El ADN de los antiguos que llevas en tu sangre es un misterio que ningún culto ha logrado descifrar. Solo mis hermanos del culto Thot y yo tenemos un entendimiento más profundo sobre el tema. ¿Qué hiciste para que te odien tanto los altos mandos? He tenido que... negociar con la tercera anciana para que te tratara en esta sala de ciencia. No me lo agradezcas, estoy consciente de la importancia de la sangre real... Los tres ancianos supremos del Concilio Atlante nos mandaron a las afueras del arrecife de las almas por negarnos a darles más armas. Con gusto abogaré en su contra —comentó Cornelius.

Dante respondió:

—Pero ustedes se escondieron, ¿no es así?

A lo que el doctor contestó:

—Así fue. Después de que fueran más insistentes, nos separamos y dispersamos por todo el mundo. De todas maneras, no somos muchos que digamos. Jamás les daremos más conocimiento bélico. Por supuesto, esto no les gustó, así que soy el único del culto Thot en estas instalaciones y en toda la Nueva Atlántida. También estoy consciente de que hay que cuidar cómo utilizan la tecnología, aunque sean las personas más puras y cercanas que conoces. No hay poder más grande que el saber —dijo el científico.

Dante inquirió con curiosidad:

—¿Y por qué me revelas todo esto?

Cornelius miró a Dante con un brillo de determinación en sus ojos.

—Porque mi existencia misma está ligada a tu tatarabuelo Ulises —comenzó a explicar en tono solemne—. Verás, Dante, nosotros, los que vivimos más años que un humano normal, tenemos una historia oscura que se remonta a la profanación del átomo.

—Una marea lúgubre, en el ala este del complejo de investigación sobre la energía humana generada por la mente, por alguna razón inexplicable, los hombres se sentían inquietos y las quejas de los guardias, soldados y científicos alcanzaron niveles récord todas las noches. Decían que un ente se escondía en las bodegas de suplementos, pero yo, como jefe de investigaciones, los tomé por locos, hasta que comenzaron a desaparecer sin dejar rastro alguno—. Cornelius continuó su relato con una expresión sombría en su rostro—. Fue entonces cuando finalmente me di cuenta, al enfrentarme cara a cara con él, de que algo que solo me habían contado en mi infancia como leyendas, era cierto. Era un sacerdote de Seth, pero no uno común y corriente, hijo. Este individuo llevaba una túnica negra, con un báculo y una espada. Sus ropajes dejaban entrever una armadura debajo, y se sentía una opresión en el aire, como si la presión del ambiente se volviera más pesada.

El científico recordó con escalofríos aquel encuentro mortal.

—Me encontré frente a la muerte, sin soldados o ayuda a mi alrededor para protegerme. Pero Ulises, tu tatarabuelo, libró una batalla titánica con él en esas instalaciones. Parecía que, debido a su intuición, la sangre real divina y la oscuridad tan amarga que se sentía le permitió llegar a salvarme. Estos vidrios que nos rodean están protegidos contra energías de baja vibración, en otras palabras, es extremadamente complicado, si no imposible, que los miembros de los cultos oscuros puedan entrar en este lugar. No sabemos cómo el sacerdote logró entrar. En la ciudad podrían hacerlo, pero no serían tan insensatos como para atacarnos aquí abajo. El templo de Hatshepsut los aturdirá al instante. Tu familia me salvó la vida en aquella ocasión, y cuidarte será mi forma de retribuir el favor —concluyó Cornelius, mientras continuaba trabajando en tecnologías desconocidas y enigmáticas.

—¿Crees que estoy hecho para esto? —preguntó Dante—. Todavía no sé cómo desempeñar mi papel, pero prometo aprender todo lo necesario para ayudarlos y liderarlos. Esto no lo sabía. Cornelius... llegaré al fondo de esto, encontraré a tu culto y los restauraré como deben estar —dijo Dante.

En lugar de responder a la pregunta, Cornelius sonrió y compartió algunas palabras con el joven.

—Este universo es muy hermoso, Su Majestad —parecía que Cornelius estaba tomando afecto por Dante después de su noble promesa—. Somos los glóbulos blancos que luchan por salvar el cuerpo de una infección, el agua que purifica los ríos y la luz que brilla en la oscuridad. La vida dentro del Deep-End Core es compleja, pero usted tiene la sangre de nuestros más poderosos sacerdotes, reyes, guerreros y guías. Utilice sus dones con sabiduría, ya que en la oscuridad acechan nuestras peores pesadillas. Pero todo depende de la perspectiva.

¿Ser positivo?, reflexionó Dante.

—Casi toda mi vida fui una persona pesimista y negativa. Ahora que veo las cosas de manera diferente, entiendo lo que me dice. Siga con la historia —dijo Dante.

—Correcto, Su Majestad —respondió Cornelius—. Alguna vez tuve una hija, Dante. Era hermosa, con ojos amarillos o color miel, como todos los descendientes de Thot. Estudió en la Universidad del Escriba, una joven brillante. Llegó tan lejos en sus experimentos que los altos mandos la reclutaron para un proyecto secreto... oh, mi querida Matilda... Después de unas semanas, falleció en una expedición en París. Está enterrada junto a mi esposa. Durante las mareas más oscuras, voy al cementerio de Nun y les dejo perlas. No pasa ni una sola marea sin que piense en ellas. Por eso me quedé aquí —contestó Cornelius mientras buscaba en unos cajones con sus brazos robóticos, se limpiaba las lágrimas con su bata y cruzaba los brazos.

Dante lo observaba desde la camilla, reflexionando sobre la situación. Sabía que debía recuperar su trono, pues algo maligno intentaba apoderarse de la ciudad. La vida en las profundidades, aunque extraordinaria y mágica, parecía salida de un cuento de horror y misterio, no era tan diferente a la vida en la superficie. Sin embargo, aquí se luchaba la verdadera batalla, una espiritual.

—Ajá... esto es —exclamó Cornelius mostrándole la proyección de una carta.

—¿Un hombre colgado? —preguntó Dante.

—Así es, mira cómo sufre el hombre. Tomemos el ejemplo de mi vida. He vivido durante muchas mareas bajo las consecuencias de la guerra contra el culto de Seth. Pero más que nadie, tú has vivido en la superficie, allá arriba, hay más dolor que aquí abajo. Mira cómo sufría... pero si volteamos la carta, el hombre no tiene nada de malo. Yo tengo un propósito de ayudar en esta lucha. Eso me deja satisfecho y feliz —dijo Cornelius.

No prestaba atención a Dante, ya que no dejaba de fijarse en sus experimentos y utensilios. Pero podía controlar sus brazos mecánicos con maestría absoluta, como si fueran una extensión de su mente.

Dante comprendió la filosofía del doctor Cornelius sobre el peso emocional y la perspectiva de las situaciones. Sentía que ahora estaba en una situación privilegiada y que este lugar era su destino. Hablaba con el doctor de manera similar a como lo hacía antes de que su familia se desmoronara, compartiendo sus sueños y sus intereses.

El doctor Cornelius se sorprendió y comenzó a explicarle el propósito de cada aparato en la habitación, mientras Dante se emocionaba y conversaba con él. Sin embargo, en ese momento, Ikarus interrumpió, entrando en la habitación, y dijo que tenían trabajo que hacer.

Dante lo miró con frustración, harto de la presencia ruidosa de Ikarus, y se dirigió al doctor diciendo:

—Puedo volver a aprender de usted cuando tenga tiempo libre. Gracias por salvar mi vida.

El doctor respondió:

—Ikarus, el espécimen está muy débil, debería descansar durante tres semanas, es lo ideal.

Pero Ikarus insistió, diciendo que se dedicaría a cumplir el itinerario de entrenamiento, y que Cornelius ponía en riesgo a todos los miembros de Deep-End al retrasar algo tan urgente, ya que Seth se hacía más poderoso cada día que pasaba. En ese momento, Dante se levantó, caminó hacia Ikarus y le dijo:

—Estoy listo para lo que sea —deteniendo a Cornelius, quien estaba a punto de discutir o pelear con el general.

Cornelius se alejó de la conversación y encendió su fonógrafo, sentándose al lado del aparato musical con la cabeza agachada, sumido en sus experimentos.

Siempre me haces reír, Cornelius, pensó Ikarus para sí mismo, *yo también tuve una familia y justamente por esa razón nunca dejaré de pelear.* Con eso en mente, Ikarus se llevó a Dante mientras Cornelius continuaba en su mundo de investigaciones, preocupado por el futuro y murmurando:

—Moriremos todos.

El general avanzaba por el pasillo con paso firme, seguro y decidido, su armadura resonaba con cada paso que daba, emitiendo un sonido metálico que intimidaba a quienes se encontraban a su alrededor. Su pipa encendida emitía una fina columna de humo que se desvanecía en el aire.

Los soldados, vestidos con trajes similares, pero menos imponentes, lo saludaban al paso, inclinando la cabeza y cerrando los ojos en un gesto de reverencia. Eran como comisarios del mar, guardianes del océano, guerreros de un poderoso misticismo que Dante apenas podía comprender.

Al ver el nivel de autoridad y respeto que el general inspiraba, Dante sintió un asombro profundo. Sin embargo, después de lo que había presenciado en sus sueños, ya no había mucho que pudiera sorprenderlo. O bueno, eso pensaba.

El general continuaba avanzando sin detenerse, como un tren en sus vías, con una determinación inquebrantable en su mirada. Ikarus condujo a Dante a través de una imponente puerta que se abría hacia un vasto campo. El lugar estaba lleno de vida, con un ecosistema natural que se extendía hasta donde alcanzaba la vista. En medio del campo se alzaba una pirámide donde varias personas estaban ocupadas en sus labores, estaban en una cueva gigantesca que contrastaba con el resto del complejo.

—Desde esa pirámide controlamos todo el campo de entrenamiento, controlamos unos hologramas que pueden ser tocados o manipulados, si queremos proyectar algo solo es cuestión de imaginarlo —dijo Ikarus con orgullo—. Las mentes más brillantes del núcleo trabajan en ella, pero deja de observar y ponte el traje de combate —añadió mientras le arrojaba el traje.

Dante examinó el traje con curiosidad.

—Este traje lo usamos en nuestros entrenamientos, va debajo de la armadura —explicó Ikarus—. Las balas que utilizamos están hechas de un hongo morado que sólo crece en las profundidades más oscuras y peligrosas del mar, custodiado por criaturas titánicas. La sustancia que contienen deja paralizado por una o dos horas. El traje simula el dolor real de recibir golpes o disparos, gracias a su extracto, pero no te preocupes, pez dorado, no es dolor real —comentó Ikarus

Dante se adentró en el campo principal de entrenamiento del Deep-End Core, donde las Plumas de Horus, una división de élite encargada de misiones especiales, entrenaban. Una vez que ingresabas, tu equipo se volvía tu familia, pero antes debías ganar una final para poder operar en la superficie.

La generación de equipos era aleatoria, ya que así lo quería Horus, el líder del Core, quien había evolucionado el entrenamiento con el tiempo. En el pasado se utilizaban espadas y armas reales atlantes, pero Dante se consideraba afortunado de formar parte de esta nueva era. Las reglas eran sencillas: llevar la bandera enemiga a tu torre y neutralizar al equipo contrario. El traje podía ser personalizado bajo las reglas del Core, incluyendo el cambio de colores y diseño de las torres.

Al abrir la compuerta, todos los hombres en la sala se quedaron en silencio y lo miraron con desprecio y enojo. Dante recordó cómo los soldados se saludaban minutos antes, y lo replicó. Sin embargo, solo uno de sus compañeros le devolvió el saludo.

Ahí estaba su equipo, el verde, como Dante asumió.

La atmósfera en la sala era tensa y hostil. Dante se sintió incómodo, pero sabía que debía ganarse la confianza de sus compañeros si quería tener éxito en el campo de entrenamiento del Deep-End Core. Observó a los soldados, leyendo las expresiones en sus rostros para encontrar algún indicio de camaradería.

—Hola, he escuchado mucho de ti —dijo un soldado con tono burlón.

Dante no respondió, pero otro soldado le mostró su cartera, que contenía fotos de sus familiares.

—¿Acaso la tiraste intentando escapar, huevo de anguila? —dijo el joven soldado, moviendo la cartera y sin dejar que Dante la tomara.

—¡Dámela en este momento! —exclamó Dante enojado.

—Se la tiene que ganar, Su Majestad —dijo otro soldado sentado en una esquina con expresión de asco hacia Dante, como si su mera presencia fuera repugnante.

Debía ser el líder del equipo, ya que los demás soldados guardaron silencio cuando comenzó a hablar. Este soldado fumaba un cigarrillo mientras se dirigía lentamente hacia Dante.

—¿Y tú quién eres y por qué me tratan de esta manera absurda? ¿Acaso son niños? Se nota que mi reputación me precede —dijo Dante con desprecio.

—Hum... Aquiles, aunque me dicen de muchas maneras: campeón, el más apuesto de todos los mares, tirador número uno, guerrero prodigio, sargento, y desde esta mañana puedes llamarme papá —respondió Aquiles mientras se acercaba a Dante y los soldados reían sin parar.

Dante gruñó, advirtiendo que pagarían caro por su insolencia.

—Sé que no soy lo que esperan, pero si no me entregan la cartera en este momento, pagarán caro —amenazó Dante.

Los demás soldados comenzaron a reírse, mofándose de él.

—Podrás ser descendiente de los antiguos reyes, pero eso es solo un mito. Desde hace más de cien años no tenemos un rey en esta ciudad. No necesitamos un rey, y ese mito lo pondremos a prueba ahora mismo. No tienes derecho a tus posesiones, a menos que me las arrebates. Te reto a un duelo, sólo con nuestras mentes y nuestro entrenamiento, aunque sé que no tienes ninguno, y con nuestros puños. Vamos, así sabremos lo poderosa que es la sangre real —desafió Aquiles con desprecio.

Dante sonrió y levantó la guardia, mientras Aquiles acomodaba sus manos en una posición similar a la de una serpiente. Ambos esperaban el momento exacto para atacar, conscientes de que el más mínimo movimiento podría desencadenar una pelea interesante. Los miembros del Deep-End, llenos de suspenso y nerviosismo, sentían que era un festival de emociones. Nadie sabía qué iba a pasar, pero todos ansiaban ver quién ganaría: si el campeón o el joven de sangre real que los había puesto en peligro. Además, si Dante resultaba victorioso, los mitos sobre la sangre real se confirmarían ante todos.

Solo se podían escuchar las respiraciones entrecortadas de los dos contrincantes y los susurros ansiosos de aquellos que observaban con fascinación lo que estaba por acontecer.

Al menos sabes esperar y tienes paciencia, molusco de mierda, pensó Aquiles con desprecio. Por su parte, Dante recordaba la pelea en el bar en la que había mutilado a los Border Mates y pensaba: *no tengo miedo, he acabado con una decena de hombres al mismo tiempo.*

Con determinación, Dante se adelantó, moviéndose con una velocidad que parecía inhumana. Pero en un instante recibió un poderoso puñetazo en la mandíbula que lo hizo caer.

Aquiles, con una sonrisa burlona, exclamó:

—¡No eres más que uno más de nosotros! Seguro que debido a tu ineptitud y a los mitos hemos perdido tantas batallas en el pasado. Miren a su supuesto salvador, hermanos... noqueado con un solo golpe.

Dante, desde el suelo, volvió a mirar a Aquiles y lo vio jugueteando con su cartera.

—No entiendo cómo los humanos menores tienen cosas tan frágiles —comentó Aquiles mientras rompía una foto de la madre de Dante.

Eso lo enfureció tanto que comenzó a ver números, mandalas y patrones en la realidad. Sus ojos se iluminaron de nuevo. Se levantó, escupió la sangre que tenía en la boca, y se limpió con su traje de entrenamiento, ya que aún no llevaba puesta su armadura.

Luego, Aquiles lo miró fijamente y dijo:

—Oh, veo que sigues en pie.

Un espectador, sorprendido, exclamó:

—¡Sargento, mire sus ojos... brillan como en las estatuas y pinturas del templo!

Las Cobras presentes murmuraban asombradas y con terror.

—¿Tú crees que hará la diferencia, Rómulo? Este maldito musgo es un fraude —murmuró Aquiles mientras permanecía inmóvil, pero ahora Dante desprendía una energía siniestra y desconocida—. Ya, estás muerto, la sangre real está maldita, y aunque podría decirte en millones de formas cómo te noquearé, esta vez será rápido, Dante —agregó con una sonrisa retorcida y volviendo a su posición de ataque.

Aquiles se abalanzó a una velocidad que ningún ojo humano común podría seguir, pero Dante detuvo su puño sin esfuerzo alguno, apretando la mano del sargento con una fuerza sobrenatural, luego le propinó una bofetada tan fuerte que lo envió volando hacia los casilleros, rompiendo uno en el impacto. Pero Aquiles se levantó rápidamente y comenzó a lanzar una serie de golpes implacables. Dante esquivaba la mayoría de los golpes con destreza, pero se dio cuenta de que este joven no era como los hombres comunes. Aquiles analizaba cada movimiento con una inteligencia y un control mental excepcional. Parecían estar igualados en habilidades, pero Aquiles intensificó su ataque, lanzando golpes aún más poderosos, hasta que finalmente el brazo izquierdo de Dante se rompió con un crujido audible en medio del caos de la pelea.

Dante se llenó de furia. *Mi cuerpo no es tan fuerte como el suyo... tengo que acabar con esto rápido y fortalecerme aún más*, pensó con determinación.

Con una rapidez sorprendente, Dante agarró a Aquiles por la garganta y lo miró fijamente, transmitiéndole el poder de su sangre con el iris de sus ojos.

La Cobra, llena de pánico, balbuceó con dificultad:

—¿Qué es esta magia oscura?

Los miembros del equipo se acercaron lentamente, preocupados por lo que Dante podría hacer.

—¡Lo está matando! ¡Alguien haga algo! —exclamó un soldado mirando a los alrededores para pedir ayuda.

Dante los miró, causando tanto miedo en una chica que cayó hacia atrás y retrocedió, gateando y gritando hasta acurrucarse en una esquina. Pero luego, los ojos del joven comenzaron a perder su brillo.

Aquiles se soltó de la mano de Dante y comenzó a toser en el suelo.

—¿Estás demente, Dante? —dijo mientras se levantaba tambaleándose un poco.

Miró a Dante, quien se sostenía el brazo, soportando el dolor.

Aquiles se recuperó rápidamente y noqueó a Dante con un golpe certero.

Siempre hemos triunfado en este entrenamiento, somos las Cobras de Hathor, y este no es tu equipo, camarón iluso.

—Puede que tu sangre tenga poder, pero el talento y los dones sin entrenamiento no sirven para nada —dijo Aquiles mientras miraba a Dante en el suelo.

Los soldados lo observaban con confusión, sacados de contexto, con miedo y preocupación.

Dante despertó en una cama extraña pero sumamente cómoda. Cada vez que ponía su mano sobre la colcha, esta brillaba en tonos azules y le transmitía una sensación reconfortante de calor.

Los atlantes sí que saben de medicina, pensó Dante, impresionado.

Desde la ventana de la habitación, podía contemplar las profundidades del océano, que se extendían majestuosas y oscuras.

La habitación estaba decorada de forma peculiar. Había un libro de interpretación de sueños con la imagen de un hombre sentado en una luna. Las almohadas estaban bordadas con escenas de una ciudad que había sido devastada por un pequeño meteorito, y en la pared había un mural hecho con piedras cuadradas que representaban a hombres barbados señalando un antiguo barco repleto de animales.

Dante reflexionó sobre su situación: *Esta gente es extraordinaria, pero extraña. He perdido en mi enfrentamiento contra Aquiles, y debo entrenar duro para recuperar mi honor. Mi brazo derecho estaba destrozado, ¡pero ahora está curado! La medicina atlante es asombrosa, aunque no tengo idea de cuánto tiempo he estado inconsciente. Pero ahora todos aquí probablemente me consideran un impostor... ¿por qué será que no me respetan, aparte de lo obvio? Ningún noble en la antigüedad habría sido tratado así. Debo buscar registros y descubrir la verdad detrás de todo esto. Aunque tal vez las cosas sean diferentes en los abismos más profundos de la tierra habitable. También debo encontrar mi celular, estoy seguro de que lo confiscaron.*

¡Maldición! Ahora lo recuerdo, mi celular está roto. Creo que lo dejé en la mansión familiar. Mis amigos seguramente se preguntan dónde estoy.

Dante se levantó de la cama con una sensación incómoda. La extraña luminiscencia azul de la colcha y el calor que emanaba de ella le parecieron cada vez más relajantes. Miró por la ventana y vio a hombres, vestidos de buzos, limpiando lo que parecía ser la coraza de un submarino con forma de pez.

Los animales marinos que nadaban cerca emitían un canto hermoso que parecía calmar incluso a la persona más ansiosa. Los hombres extrajeron barras de un extraño color verde fosforescente de sus trajes. *¿Serán de plancton?*, se preguntó Dante.

—Sí, sí, muy bonito, ¿verdad, buscapleitos? —dijo el general, que se había acercado sigilosamente, asustando a Dante.

—¡Pero qué demonios! Siempre aparece de la nada... En la superficie, nosotros tocamos la puerta antes de entrar, ¿sabía? —contestó Dante molesto, hiperventilando debido al susto.

—Aquí también, pero no me importa un tentáculo. Pelear contra otro miembro del Deep-End Core fuera de un ejercicio de entrenamiento significa tres semanas de detención y una semana de recolectar ignis púrpura en las aguas más profundas y oscuras. ¡Vístete, que tienes trabajo que hacer! —gruñó Ikarus en la cara de Dante.

El joven mostró una expresión de desprecio.

—Por favor, general, yo no empecé esa pelea... Aquiles y sus Cobras tienen algo que me pertenece —dijo Dante.

—¿Acaso es un arma? —preguntó Ikarus.

—¡No! —gritó Dante.

—¿Acaso fue comida? —volvió a preguntar el general.

—¡No! —respondió Dante, exasperado.

—¿Te quitó tu ánfora de Venuste Ebrius? —preguntó Maquiavelo, a lo que Dante lo miró con decepción—. ¿No?, entonces cállate, escucha y ve a cumplir tu sentencia, plancton asqueroso. Deberías agradecerle a la Hatshepsut... sin ella te habrían enviado al calabozo.

Ikarus fijó su mirada impasible en el chico mientras este terminaba de hablar sobre su cartera y las fotografías de su familia que habían sido destruidas por Aquiles y sus hombres.

Con un gesto serio, Ikarus devolvió la cartera al joven, asegurándole:

—Te diré algo... Jamás levantes falsos sobre mi estudiante favorito, y, por supuesto, sé que es una cartera. La vi en Artefactos que Esclavizan a los Hombres, segundo semestre. No me trates como a una anguila. Y tercero... créeme, muchacho, tener algo que perteneció a tu familia no es de buena suerte. Esas cosas siempre tienen un truco o piden algo a cambio por ese poder, es una forma que tiene el Universo de mantener el equilibrio. Sígueme.

"A tu lado derecho se encuentran los astilleros, donde construimos nuestras naves submarinas llamadas Keops", comentó el general mientras señalaba con su mano.

Dante observó a lo lejos a los hombres trabajando como hormigas alrededor de la enorme embarcación, portando aparatos soldadores en sus manos y vistiendo trajes de buzo sin tanques de oxígeno, todos marcados con un símbolo pintado o grabado en metal, un ojo de Horus combinado con un ancla. Las partes pesadas de los Keops eran movidas por brazos mecánicos que emitían un sonido inusual en la cabeza de Dante, como si alguien estuviera tocando un trombón bajo el agua, aunque eso no se pudiese.

Los brazos estaban compuestos por la misma sustancia que la pipa del general, pero en una dimensión mucho mayor, con un distintivo color azul que era característico de todo lo relacionado con los atlantes.

—Señor, ¿qué tipo de energía hace funcionar su tecnología? preguntó el joven.

—Los nucleus can son una tecnología antigua creada por Thot en los tiempos más remotos de Gea—respondió el general—. Son explosiones controladas en unas minas situadas en las profundidades del océano, que debido a la presión del agua se vuelven estables. El dios plantó millones de piedras explosivas cerca de la corteza que, debido a la presión, implosionan. La corteza las recubre con sus partículas de vidrio original para que se almacenen allí y... ¡bum! —Dante saltó debido al grito del general—. La explosión se contenía hasta quedar estable. Da energía a todo lo que tiene a su alrededor, ya que nada lo debe tocar... si algo tocará él núcleo estallará y te mandaría a conocer a los dioses... ¿qué dices, buscapleitos, quieres tocar el núcleo? ¿Me mandarías con mi maldito creador? —gruño Ikarus mientras se le quedaba viendo a Dante con su pipa en la boca y una mirada penetrante.

—Usted sí que tiene buen sentido del humor —contestó Dante, a lo que Ikarus sólo se quedó viéndolo fijo y comenzó a acercar su rostro lentamente.

El humo de su pipa salía de su boca y su pipa al mismo tiempo. Dante no bajó la mirada y dijo de forma sarcástica:

—Creo que nos conocemos muy poco como para besarnos, ¿No lo cree?

El general tenía venas en la cabeza de tanto enojo. *Los atlantes, que pasaban a un lado de ellos, cargaban cajas con contenidos extraños.*

Cuando se percataron de esto dieron la vuelta con caras de horror y regresaron a paso veloz por donde venían.

—No soy de repetir lo que digo... pero... tienes suerte de que la Hatshepsut te estime, muchacho. Si no te arrancaría la lengua en este instante. Desde ahora sólo escucharás y te quedarás callado, Kraken hediondo —dijo Ikarus mientras se volteaba y respiraba hondo para tranquilizarse—. A tu izquierda se encuentran las barracas y los cuartos de entrenamiento cuerpo a cuerpo, los dojos antediluvianos —indicó el general mientras los dos miembros del Deep-End caminaban, adentrándose cada vez más en el complejo.

Los cuartos estaban construidos con el característico cristal que predominaba en todo el lugar, permitiendo ver su interior, eran como tubos para hámster, adornados con todo tipo de grabados de animales marinos, y símbolos de protección. Desde fuera se podía observar a los soldados entrenando en diversas formas de combate. Era un espectáculo impresionante, algunos portaban varas, otras armas exóticas de colores azules y naranjas que recordaban a las antiguas armas egipcias.

En uno de los dojos se encontraba Aquiles en el centro, rodeado por al menos quince hombres armados que se acercaban lentamente mientras él mantenía los ojos cerrados. Parecía estar concentrado, en completa armonía con su entorno. Los soldados se movían en un baile marcial, ejecutando movimientos precisos y coordinados con la atenta mirada en Aquiles. Era evidente que este era un guerrero consumado, un líder nato en el campo de batalla. Dante y el general observaban en silencio, impresionados por la destreza y el dominio de Aquiles.

Dante observó con asombro cómo Aquiles, en un abrir y cerrar de ojos, derrotaba a sus compañeros con una fuerza impresionante. El líder atlante era un formidable guerrero, capaz de dejar inconscientes a varios oponentes en cuestión de segundos. Aquiles luego volteó hacia Dante, que se encontraba en los tubos cercanos, salió de su trance de batalla y le guiñó un ojo, como si reconociera su presencia.

Dante, sin embargo, no pudo evitar sentir una mezcla de admiración y enojo. Admiraba la habilidad de Aquiles, pero también estaba decidido a superarlo. *Ese hombre es muy fuerte*, pensó Dante, apretando los puños con determinación, *pero eso solo significa que tengo que entrenar más duro para llegar a su nivel. Juro que te derrotaré, Aquiles. Sólo espera y verás.*

Mientras tanto, el general explicaba a Dante más sobre su culto, el Deep-End, dedicado a Horus. Dante ya había notado que eran personas inteligentes y valientes, dispuestas a dedicar sus vidas a su causa. El culto también tenía una parte espiritual que los ayudaba a no caer en las garras de Seth, su enemigo. El general explicó que luchaban en las sombras para equilibrar la luz, ya que, donde hay más luz, la sombra es más fuerte. Dante asintió, asimilando la información. Estaba intrigado por la filosofía y la dedicación del culto de Horus.

—A tu izquierda se encuentran los cubículos de entrenamiento, diseñados para simular los ataques de las sombras de Seth o los sacerdotes de ese maldito dios —comentó Ikarus mientras se detenían para observar a través del vidrio.

Dante pudo ver que el lugar estaba sumido en la oscuridad, solo interrumpida por los destellos de las armas de los miembros del Core, vestidos con aparatos sofisticados que los hacían parecer como figuras salidas de las historietas y pesadillas más oscuras.

Es como una casa del terror en muchas formas, pensó Dante, recordando aquel día terrible y peligroso, el día en que todo cambió para él y para la humanidad.

—Tranquilo, campanita —dijo Ikarus, sacando a Dante de sus oscuros pensamientos—. Solo son simulaciones y nosotros podemos controlar el nivel de poder de cada uno de los entes malignos. El simulador toma el recuerdo más tenebroso que hayas tenido y recrea la ubicación.

Dante asintió, intentando calmarse. Sabía que estaba en un lugar peligroso, pero también entendía que era necesario para su entrenamiento. Miró a su alrededor, observando a los miembros del Core mientras se preparaban para enfrentar las amenazas simuladas.

Continuaron avanzando y el general hizo un comentario:

—A tu derecha se encuentran los salones donde probamos y enseñamos a manejar todo tipo de utensilios que facilitan el movimiento en el campo. Tenemos una gran variedad de aparatos para nuestras misiones en la superficie. Cornelius es el encargado de desarrollar nuevos inventos para nosotros. Es un experto en su labor, pero también un astuto y despiadado individuo.

Dante observó, a través del cristal, largos y estrechos cuartos dispuestos en vertical y horizontal. En los cuartos verticales pudo ver a agentes especiales probando cuerdas similares a la que Ángela había utilizado para descender al laboratorio de su mansión, lo que de nuevo revivió ese día en su memoria. En los cuartos horizontales se estaban probando todo tipo de armas atlantes, incluyendo una enorme y pesada arma que disparaba una energía similar a los Nucleus can, cuyas explosiones eran descomunales y algunas chocaban con los vidrios.

Sin embargo, los vidrios no sufrían daño alguno.

—¿Qué tan resistentes son estos vidrios? —preguntó Dante.

—Estos vidrios están bendecidos con hechizos muy antiguos, solo los seguidores de Isis pueden hacerlo, y son capaces de resistir cualquier arma atlante o humana, a menos que se utilice una vara de los dioses o veneno de un Kraken Mayor—. El general se acercó y comentó—: ¿Ahora lo recuerdas, eh? Eres débil de mente, Dante... pero tranquilo, justo vamos con la Hatshepsut para que conozcas a los sacerdotes de Isis.

"El castigo sigue en pie, pero todos sabemos que, sin un entrenamiento mental, podrías hacer una estupidez".

Dante siguió caminando en ese pasillo enorme, que tenía elevadores en algunas partes, para poder llegar a los lugares de entrenamiento.

—Aquí está la tercera zona residencial. Aquí reposan solo los sacerdotes del templo... Pasaremos por arriba. Intenta no impresionarte tanto ya que aún no lo ves todo —comentó Ikarus.

Dante miró hacia abajo y contempló a los sacerdotes que meditaban y rezaban junto a antiguas estatuas en sus casas. El humo del incienso se elevaba en el aire de los recintos sagrados, mientras otros parecían estar durmiendo o meditando en un estado de serenidad inalcanzable. No se podía discernir si tenían camas, pues todo el recinto parecía estar vivo, un ser en sí mismo que emanaba una paz inigualable.

Continuaron caminando e Ikarus se inclinó, bajando la cabeza en una reverencia divina, algo que el general no estaba acostumbrado a hacer. Con los brazos colocados en posición de sarcófago egipcio, Ikarus rezaba en un idioma milenario.

—La joya de la corona: el templo ovular —dijo Ikarus—. Este es un templo que combina tecnología ancestral y espiritual.

"Se dice que el propio templo es una entidad inteligente que siempre está meditando para traer paz y tranquilidad al planeta. Es lo único que ningún culto ha osado profanar, debido al temor a los dioses.

"Es el lugar más sagrado del planeta. Si el mal no se ha propagado tanto, es gracias a su vibración y majestuosidad. Ahí dentro, muchacho, está tu silla.

"¿Ahora ves la responsabilidad que tienes?"

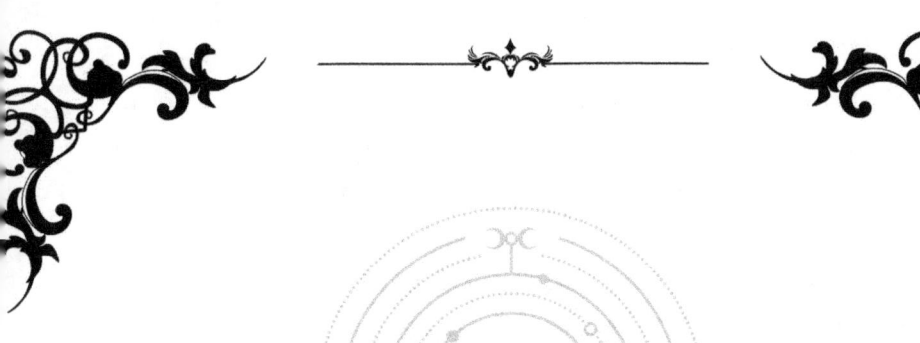

CAPÍTULO 7

Dante se arrodilló, observando los movimientos de su maestro con admiración mientras asimilaba la impactante revelación. Nunca había presenciado algo similar.

—El templo de Isis —dijo Ikarus solemnemente—. No sabemos cuándo fue construido, pero fue descubierto y colonizado por los primeros reyes y pioneros de este mundo. Es la razón de la conexión con los dioses y la espiritualidad... A este recinto le debes la vida, Dante. Su función es albergar la energía creadora de este plano; su misma presencia es la columna de la humanidad. Ni siquiera Seth se atreve a atacar este lugar sagrado por temor a perder sus poderes y ser castigado por los dioses. Miles de sacerdotes del culto Isis, almas olvidadas y cualquier individuo de la Nueva Atlántida que necesita ayuda viven aquí para preservar la energía positiva que queda en este planeta, a través de mantras, meditaciones, estudios del Universo y del océano. Sin ellos, todo se derrumbaría.

Dante se preparó para seguir el camino que Ikarus indicó, pero su maestro le advirtió:

—Cuidado, muchacho, todavía tenemos que ver si eres una persona pura de corazón.

Dante intentó hablar, pero las palabras no salieron de su boca. El general le había transmitido todo por telequinesis. Dante recordó la "visión" que tuvo cuando estuvo con Cornelius, ese infinito recinto celestial.

Se colocaron unos cascos antiguos, similares a los de un buzo de principios del siglo XX, tenían información en su visor y no necesitaban cables para el suministro de oxígeno. Luego se dirigieron hacia la compuerta que daba hacia las profundidades del mar.

Para su sorpresa, encontraron un río dentro del mar, de un color brillante, similar al mercurio, que parecía ser la fuente de vida más pura que existía.

De repente, una estatua gigante emergió del río. Era colosal, pesada y lenta, con ojos iluminados de un azul deslumbrante que parecía analizarlos, como si pudiera ver toda su vida, sus actos y su alma. Los ojos del titán se posaron en Dante, y los recuerdos de su soberbia y sus actos malignos inundaron su mente, incluyendo la pelea en el bar.

Dante reconoció su error y se arrodilló ante el imponente barquero, pidiendo perdón.

Con un asentimiento de cabeza y una pose extravagante, el titán sacó un cuerno plateado de su espalda y lo hizo sonar con fuerza.

En ese momento, una barca similar a una egipcia pero hecha de diamante llegó flotando desde el templo, y se posicionó frente a ellos. Los dos atlantes subieron a bordo y a lo lejos pudieron ver miles de recintos sagrados.

Los sacerdotes cantaban hermosos mantras, canciones y conjuros que erizaban la piel y causaban una especie de orgasmo. La escena era majestuosa y estaba llena de energía positiva.

Al entrar a la parte inferior del templo, había una especie de anguilas, animales brillantes de colores llamativos que volaban alrededor del mismo. Pasaron por unas plantas fluorescentes, que al ser tocadas respondieron brillando aún más, como si pudieran sentir sus pensamientos.

Al llegar al muelle ya los estaban esperando unos sacerdotes con máscaras y túnicas majestuosas.

Durante el recorrido dentro del templo, mientras subían a la parte donde se encontraba la Hatshepsut, podían ver obras de arte jamás antes vistas: mujeres bailando con atuendos que parecían levitar al ritmo de su danza, sacerdotes en caravana cargando un incienso, monjes meditando suspendidos en el aire, estatuas que se movían, reaccionando a lo que ocurría en el templo. El piso era de diamantes extremadamente relucientes.

Dante se concentró tanto y sintió tal paz que dedujo que los cánticos de los sacerdotes, aunque distintos, formaban una única conversación divina. Todos estaban descalzos en el santuario, por lo que Dante decidió quitarse las botas.

Los sacerdotes continuaban cantando, y los cánticos del lugar se fusionaron en un solo mantra gigantesco que hizo vibrar todo el recinto de una forma que, de nuevo, causó placer. Las pinturas y grabados en las paredes retrataban épocas de la historia de la humanidad que nunca habían sido vistas ni enseñadas en las escuelas de la superficie. Era algo irónico: Dante pensaba que la historia en la superficie se enseñaba de forma superficial.

Llegaron a una cúpula en el centro del santuario y, al levantar la vista, Dante pudo ver la estatua del ser hecho de galaxias que lo observaba desde lo alto, mismo que había visto en su "visión". De repente, sintió cómo la gravedad desaparecía y su cuerpo comenzó a levitar, elevándose hasta la parte más alta de la cúpula.

Finalmente, llegaron sanos y salvos al santuario de Hatshepsut. Allí experimentaron una paz inexplicable, era un lugar donde se sentían completamente seguros de quienes eran y todas sus penas desaparecían. Había un aura de tranquilidad que los envolvía, y los hacía sentir un amor profundo por cada ser vivo en el planeta.

Dante e Ikarus se acercaron lentamente, maravillados por los árboles blancos, brillantes y las enormes columnas del santuario. Ambos se arrodillaron y bajaron la cabeza, mientras la vocera de Isis en este plano comenzaba a hablar.

—Por favor, levántense —dijo Hatshepsut mientras Dante y Ikarus se ponían de pie.

La reina llevaba una corona brillante de color naranja, brazaletes relucientes y un báculo. Plumas caían de sus brazos como si fueran alas. Su traje era hermoso y ella aún más. Dante se dio cuenta de que ella no estaba hablando en voz alta, sino que se comunicaba telepáticamente. El joven tenía los ojos bien abiertos, pues, aunque pensaba que no podía sorprenderse más con el mundo que había descubierto, lo que estaba presenciando ahora lo había logrado.

—Veo que has llegado muy lejos —continuó Hatshepsut—. La mayoría de tu sangre se ha esparcido por todo el planeta y ha muerto. No hay duda de que estamos en la etapa más crítica de este mundo, Dante Nikolaidis. El verdadero apellido de la casa real es Illustratus, y sé que con este nombre sacarás provecho, hijo de Ra. Ahora que conoces tu verdadero nombre... recuerda.

De repente, Dante sintió un dolor extremo en su frente, y los recuerdos comenzaron a llegar de una manera abrumadora. Vio a seres alados de color azul descendiendo de una nave metálica brillante. Tribus humanas de la prehistoria se acercaban a ellos, luego vio un templo con grabados que brillaban de color blanco, que albergaba un orbe circular conectado a un complejo mecanismo. Presenció una guerra de proporciones bíblicas en las profundidades, que hacía que la tierra retumbara. Luego, vio a un rey con túnicas y una armadura peculiar levantando un cetro y clavándolo en el centro de un recinto circular.

—Sé que posees un potencial insuperable, por eso te mantuvimos vigilado. Tu familia cayó en las garras de Seth desde 1914, y no tienes por qué avergonzarte de la vida que has llevado. El bar que solías frecuentar era seguro, aunque no lo creas. Dos de nuestros mejores agentes te cuidaron, y los Border Mates también están controlados por el culto de Seth. Te dejaron vivir porque sabían quiénes te vigilaban desde el principio.

"Tu despertar espiritual fue peligroso, hijo de Ra. Pudiste habernos acabado a todos. Íbamos a traerte, pero se nos adelantaron. Las visiones que tenías eran parte de un ritual, un conjuro de los seguidores de Seth que ahora dominan el mundo, llevando a tu raza a vivir vidas insípidas y sin valor. Lo ideal era que despertaras aquí. Alabada sea Isis que ya estás con nosotros.

"Sé lo que estás pensando. Tu poder es único dentro de este lugar, pero te enseñaré a controlarlo para que puedas usarlo a tu conveniencia. Esos ojos pasan de generación en generación en los hombres de tu clan, pero también son peligrosos, ya que pueden ser usados para causar el apocalipsis o mejorar las armas atómicas".

La Hatshepsut volteó a ver a Ikarus.

Dante no podía escuchar lo que le decía, pero a juzgar por la cara del general era algo muy personal e importante. Dante tomó valor y por medio de telepatía preguntó lo siguiente:

—Señora, ¿cómo está mi madre? ¿Se encuentra bien?

A lo que la Hatshepsut contestó por el mismo medio:

—Tu madre ha sido secuestrada por el culto Seth. Utiliza esta preocupación y este dolor para prepararte y salvarla, Dante. Te daré tu primer consejo: a veces, los dioses nos presentan situaciones que no podemos comprender. Los astros no solo quieren que evolucionemos como seres pensantes, depende de ti si lo ves como algo malo. Sí, duele, sí nos hace dudar de sus intenciones, sin embargo, todo lo que necesitas está siempre frente a ti. Ya sea en alguna persona que se te acerque, ya sea valorando y utilizando a tu favor todo lo que tienes o también los números que ves más seguido.

Dante e Ikarus salieron del recinto más sagrado, ambos sumidos en profundos pensamientos tras las revelaciones de la poderosa Hatshepsut.

Después de varios transportes, llegaron a los enormes condominios que albergaban a los miembros de Deep-End durante las horas de descanso. Ikarus señaló el cuarto de Dante y, con una voz temblorosa, el mayordomo de la sección 13 le dio la bienvenida.

—Hola, mi nombre es Petrolini. Aquí dormirás tú, Dante —dijo el mayordomo, visiblemente intimidado por la presencia del joven.

Dante, con la mente llena de preocupaciones y sospechas, examinó con precaución el lugar, consciente de que ahora sabía muchas cosas y sentía una presencia negativa que contaminaba todo, especialmente ahora que Seth había regresado.

—Todo estará bien, Dante. Descansa, son órdenes de Hatshepsut y Cornelius. Siempre que tengas un presentimiento negativo, anótalo para informar a Hatshepsut y analizarlo —dijo el mayordomo con elegancia, cerrando los ojos y colocando las manos detrás de la espalda, como un cuidador profesional—. Gracias por no dirigirte a mí como si yo apestara...

—¿Cómo se llama la moneda en este lugar? —preguntó Dante con miedo.

—Tridente, ¿por qué lo preguntas? —respondió el mayordomo con ansiedad, evidenciando su desconcierto frente a Dante, a quien veían como una anomalía, alguien de la realeza maldita—. Te adoramos, hijo de Ra —suspiró el vigía.

—Yo no me siento adorado, pero no es necesario, quería saber, ya que quería explorar la ciudad en algún tiempo libre. Sabes, escuché sobre una prueba muy difícil que mis antepasados, o aquellos que quieren convertirse en generales, es decir, Horus, tienen que pasar... dicen que es difícil. ¿Por qué es tan difícil? —preguntó Dante.

—La Prueba del Ancla es como un imán que te hace reconocer que el gran conocimiento y la inteligencia son envidiables pero peligrosos en un guerrero de Horus, ya que en esa habitación hay... —el mayordomo fue interrumpido por el general, que estaba observando a Dante desde un rincón, como siempre.

—¡Petrolini! Él no tiene derecho a saber eso hasta que pase la prueba. Sabes perfectamente que todo lo que necesita está ahí. Vete antes de romper el lazo de sangre que tu familia ha cuidado por generaciones —gruñó el hombre, exhalando humo de su pipa mientras regañaba al mayordomo—. A dormir... y cierra la puerta —dijo el general, fumando mientras veía a Dante entrar y cerrar la puerta frente a él.

Al entrar en la habitación, Dante se sentó en una silla cercana a su ventana para meditar lo sucedido. *Todos aquí me odian... siento que no pertenezco, a pesar de ser una pieza clave en todo esto. ¿No deberían alabarme? Maldición, podría ver lo que tienen en mente*, pensó Dante durante treinta y tres minutos hasta que finalmente se relajó.

Mientras tanto, Seth esperaba en las sombras del antiguo laboratorio de la mansión Nikolaidis, su voz apenas un susurro que resonaba en todo el espacio. Con su figura sombría arrastrándose y flotando a la vez, rugía con un enojo profundo y antiguo, recitando un conjuro maligno que envejecía todo a su alrededor.

A lo lejos, un libro negro, metálico, reposaba en lo más oscuro del laboratorio, levitando estáticamente, mientras la sombra pasaba frente a reliquias y cuadros antiguos. Seth susurró espectralmente, recitando:

—Yo que me perdí, me encerraron, me debilitaron, pero nunca mataron, aquí estoy... seguidores míos... estoy... en

Santorini... Incapacitaron mi cuerpo físico, vengan, vengan, vengan. Y serán recompensados.

El libro liberó una luz verde fantasmal, y de él salió un sacerdote del culto más temido y macabro en la historia de la humanidad.

Primero salieron sus brazos, pálidos como los de un cadáver, con dedos largos como los de un mono, estos emergieron del libro. El ente vestía un traje rojo carmesí, era calvo y esquelético. Al sonar un golpe similar al crujir de una madera, seguido de un grito ensordecedor, el sacerdote salió por completo de un símbolo verde que estaba en el libro mismo, haciendo una reverencia hacia la sombra con ojos rojos que yacía en aquel oscuro lugar.

—Haz una llamada a todos los cultos que nos apoyan —dijo Seth.

—Enseguida, mi señor —respondió el sacerdote—. Oh, seguidores de la oscuridad, ustedes que se ocultan y a la vez llaman la atención, aquellos que destierran la falsa promesa de la inmortalidad fuera de la cuarta dimensión, aquellos que toman cualquier forma y mueven los hilos de los títeres más débiles, vengan a mí —el sacerdote se acercó, con el libro en mano, a un globo terráqueo que se encontraba en la biblioteca del laboratorio, y tocó con la punta de una de sus uñas el lugar exacto en el que estaban. Luego sacó un báculo de su túnica y, abriendo los brazos, como si esperara a un viejo enemigo, comenzó a dibujar con magia verde un portal en la pared, mientras seguía vociferando un hechizo vil y poderoso.

Seth sonreía.

—Nuestro señor ha sido liberado, ese que tanto buscábamos... El hijo del cosmos ha regresado. Por el poder de Seth los invoco —recitó él ser esquelético y alto.

De pronto varios sacerdotes con túnicas, capuchas negras, máscaras horribles y metálicas, una daga en las manos y un aura espectral salieron del portal. Dos hombres con trajes elegantes, pero con ojos rojos inquietantes, también emergieron del portal junto con otro hombre de apariencia juvenil, de unos veintisiete años. Seth los recibió con una sonrisa sombría, emanando una presencia oscura y misteriosa.

—Oh, mis devotos seguidores, los he esperado con anhelo —murmuró Seth en un tono siniestro—. La penumbra fue larga, pero finalmente estamos listos para el golpe final. Hablen con claridad y poca sinceridad... ¿Qué sucede en esta era? ¿Cómo va la búsqueda del artefacto de Thot, y la guerra contra esos repugnantes semidioses inadaptados que habitan en las profundidades?

Uno de los seguidores, con lentes de varias variaciones, un traje oscuro y un perro negro a su lado, tomó la palabra. Sus brazos mecánicos sobresalían de su espalda, era como una araña venenosa, tenía la apariencia de un intelectual del culto. Con una mirada fría, dijo:

—Hemos logrado controlar cada centímetro de la superficie terrestre, mi señor —dijo en un tono monótono—. Los humanos inferiores han sucumbido a nuestro control gracias al código binario y al miedo a nuestras armas nucleares. Las masas nos han enriquecido, controlamos cada palabra y acción de aquellos que habitan en la superficie. Además, hemos liberado un virus que mantiene a todos confinados en sus hogares, tal como nuestros sacerdotes ordenaron, en anticipación a tu liberación.

Seth asintió con aprobación, su sonrisa siniestra se ensanchó. Las noticias eran prometedoras, y su plan de dominación parecía estar avanzando según lo planeado. La oscuridad envolvía su figura mientras todos los ojos rojos brillaban con un tono malévolo que contrastaba con la oscuridad.

—Bien hecho, mis leales seguidores —susurró Seth con una voz profunda y resonante—. Nuestro dominio se extiende sobre la humanidad, y el artefacto de Thot está a nuestro alcance. Pronto, la era de la oscuridad y la destrucción se alzará sobre este mundo, y nosotros seremos los gobernantes supremos.

Los seguidores asintieron en silencio, llenos de una devoción ciega hacia su líder. La presencia de Seth era abrumadora, y su poder indiscutible. El aura de misterio y horror que lo rodeaba era palpable, impregnando el ambiente con una sensación de inminente calamidad.

—Demasiado tiempo he esperado desde que quedé atrapado en este lugar. En aquel entonces, la batalla no iba a nuestro favor, estábamos perdiendo en todos los frentes, nuestras fuerzas menguaban y nuestra magia se desvanecía —dijo Seth, mientras flotaba inquieto sobre sus seguidores—. Nuestro plan para recuperar el poder fue iniciar una guerra, utilizando las armas que ya teníamos y probar nuevas tecnologías que nos ayudaron a controlar el mundo. La llamamos la Primera Guerra Mundial. Luego nos apoderamos de la Casa Real de Atlantis y nos aprovechamos de su sabiduría, sangre e intelecto. Ganamos su confianza y, cuando comenzaban a despertar y alcanzar su máximo potencial, los torturamos, encerramos y asesinamos. Esperamos a que usted regresara, debido a eso no asesinamos al último descendiente real. Además, todos los humanos mitad atlante son incapaces de conocer sus verdaderos orígenes. Cuando apenas comienzan a darse cuenta de sus habilidades psíquicas, los secuestramos y utilizamos sus cuerpos para satisfacer nuestras necesidades, o llevar a cabo experimentos —continuó el seguidor intelectual—. Gracias a ellos pudimos llevar a cabo la Segunda Guerra Mundial. El problema fue que perdimos, así que nos exiliamos en todos los países que ahora son potencias. Nos mantuvimos en las sombras, controlando el mundo a través de falsos tratados y promesas incumplidas.

"La Tierra nos provee de recursos para llevar a cabo nuestro plan, mi señor. Conquistar las estrellas, pues no tenemos ningún interés en este planeta, y dudo mucho que esos repugnantes cobardes del Deep-End puedan detenernos. Hemos confiscado la historia que podría despertar a las masas, escondido la verdad y aquí estamos, los seres más poderosos del mundo llevando a cabo nuestro plan a la perfección. Solo faltaba usted, mi señor", informó nuevamente el seguidor con frialdad.

—Una historia fascinante. Sin duda alguna puedo sentir la muerte y las bajas frecuencias que me rodean... Pero hay un detalle, uno que es de suma importancia: les falta grandeza.

"¿Cómo se atreven a insultar al Deep-End si ustedes también se esconden? Son unos hipócritas. Este culto siempre se ha caracteri- zado por hacer las cosas sin intermediarios, sin miedo, imponiendo cara a cara su voluntad, como dioses... como un depredador cazando a su presa. Eso es lo que les falta si quieren siquiera asemejarse a mí".

Seth se puso en el centro del laboratorio mientras sus seguidores colocaban a un muchacho atado en una silla dentro de un círculo de luz roja. El joven exclamó:

—¿Qué están haciendo? Qué sueño tan vivido. Si me matan, despertaré... eso es lo que quieren, ¿verdad?

Ulises creó un orbe con la energía de treinta y tres estrellas.

—Se suponía que regresaría a mi cuerpo real —continuó Seth—. El problema es que también puede destruirme y proporcionar energía infinita a la humanidad, permitiéndoles regresar a ser uno con la naturaleza y alcanzar una vibración sagrada, llevando así sus almas al siguiente paso en este interminable ciclo que llamamos universo... Tal vez la inmortalidad existe, y si es así, ¡la quiero para mí! Es algo fundamental para poder llevar a cabo mis planes, revivir a mi amada y regresar a mi forma original, estos cuerpos son horribles—. Seth se puso en el centro del laboratorio—. Ah, querida carne fresca, esto no es un sueño, esto es real —susurró desde las sombras Seth.

—¡¿Qué carajo?! ¡¿Quién eres!? —gritó el chico.

A lo que respondió la mismísima oscuridad:

—Por favor, no me hagas repetirlo... sabes quién soy, sólo no eres lo suficientemente inteligente para deducirlo, no tienes la suficiente sangre antigua en tu cuerpo para recordarlo.

—Por favor, yo sólo soy un psiquiatra... estaba trabajando jodidamente tranquilo en mi consultorio, hasta que todo se puso color verde y desperté aquí. Esto seguro es mi inconsciente y estaré bien.

A lo que la sombra se movió de lugar.

El muchacho volteaba a todas partes, solo se escuchaba al ente espectral de un lado a otro, así como las panteras buscan a su presa en la oscuridad de la jungla.

—Esto no es real, esto no es real, ¡es producto de mi puta mente! —se repetía constantemente el muchacho para así poder despertar del "sueño".

—Shh, shhh, cálmate, pronto empezará todo —susurró el dios revelándose ante él de forma abrupta, colocándose enfrente del joven y tocando sus mejillas con sus garras en forma de humo negro fantasmal.

A lo que el chico gritó tan fuerte que se mordió el hombro, arrancándose un pedazo de piel. Comenzó a llorar al ver que no despertaba de tan horrible pesadilla.

—Mmm. ¿Estás consciente de lo que acabas de hacer? —preguntó Seth mientras solo se escuchaban los llantos y gritos de dolor del muchacho. La silla de madera en la que estaba comenzó a rechinar debido a los forcejeos tan desesperados del joven—. Acabas de dañar el cuerpo que voy a habitar— murmuró Seth.

—No, tengo una esposa, no hagas esto... ¿Tienes asuntos sin resolver en este plano? Eres un fantasma, ¿verdad? Te ayudaré... en serio —dijo él joven, titubeando y babeando al mismo tiempo.

A lo que el espectro rio a carcajadas y contestó:

—¿Tengo asuntos sin resolver en este plano? Ja, ja, ja, ja. ¡Estúpido!, tengo asuntos sin resolver en todos los planos y dimensiones. Voy a conquistar todas las galaxias, todos los planos, y me volveré el siguiente dueño del Concilio. Este planeta está un noventa por ciento bajo mi control, tu raza es débil e ingenua. Nacen y no recuerdan nada de sus vidas pasadas, sus almas no cuestionan nada... para mí será un deleite asesinarlos a todos o esclavizarlos. Si el Concilio se resiste también los mantendré como esclavos, una vez que recuperé mi forma real. ¡Así que… sí, tengo asuntos pendientes en este plano!

Un silencio absoluto invadió la habitación, el muchacho sólo podía temblar y ver al piso.

—Eres, eres el expulsado del cielo, ¿verdad? ¿Qué pasará cuando tomes mi cuerpo? —dijo el joven.

—No sentirás dolor, pero verás lo que yo veo, harás lo que yo hago y dirás lo que yo diga. No podrás hacer nada al respecto, serás como un espectro muy débil y yo utilizaré tu cuerpo con capacidades extraordinarias para así sumarlo con mi poder y recuperar mi forma real —contestó Seth mientras sus sacerdotes creaban un círculo alrededor de ellos y cantaban un mantra oscuro.

En ese momento Seth entró por la boca del chico, mismo que comenzó a retorcerse como si estuviera en una silla eléctrica. Sus ojos y su boca comenzaron a brillar de manera incontrolada e intermitente, hasta que la silla donde estaba reventó. Todo se apagó y cuando el joven levantó la cara sus ojos estaban rojos. Así sonando en la oscuridad:

—Despierta, hijo.

Dante despertó sobresaltado, el sudor perlaba su frente, mientras se levantaba de la cama y se asomaba por la ventana hacia la ciudad resplandeciente de Deep-End Core. Se frotó los ojos y, mientras observaba, un escalofrío gélido recorrió su espalda. Al voltearse para asegurarse de que no había nadie, escuchó un susurro en la oscuridad que aclamaba su nombre. Tomó una linterna de mano que estaba en su mesa de noche y salió con precaución de su habitación hacia los vastos pasillos del complejo.

Avanzó, maravillándose con los desconocidos animales marinos que nadaban a su alrededor, mismos que brillaban de forma casi celestial, hasta llegar a uno de los ascensores. Los susurros seguían llamándolo y Dante los seguía, incapaz de resistirse a su atracción. El joven entró en el ascensor, pensando, *quizás aquí acaba mi recorrido... ¿a qué piso debo ir? Seguro el general me castigará por no estar en mi habitación.*

De repente, el ascensor se movió bruscamente hacia abajo, casi haciendo caer a Dante al suelo.

El ascensor emitía un sonido de advertencia, indicando que estaba ingresando a una zona prohibida. Dante recuperó el equilibrio y vio que había llegado a un nivel inferior, todavía había más pisos en el ascensor, pero los demás no funcionaban. Dante salió del ascensor y se encontró en las ruinas de una pirámide negra.

La entrada estaba flanqueada por estatuas con rostros de calaveras, mientras las goteras caían incesantemente. Los únicos sonidos que se escuchaban eran los pasos de Dante, los latidos de su corazón y los susurros que lo seguían. Dante avanzó hasta el centro de la pirámide, esperando a que el espíritu le dijera algo o lo guiara por otro camino, cuando de repente una mano tocó su corazón.

Dante fue presa de visiones perturbadoras, donde su abuela, Alessa, dialogaba con un misterioso hombre en su estudio. La anciana hablaba de un cuadro que estaría listo en una semana, pero el hombre insistía en que su cliente tenía prisa debido a una exposición en Grecia. La tensión en la conversación era palpable, con amenazas veladas de retirar beneficios de una cuenta bancaria si no se cumplía con el plazo. Dante se arrodillaba con las manos en la cabeza, gritando desesperadamente mientras estas visiones lo abrumaban. La abuela Alessa, en la visión, ahora de edad avanzada, dirigía unas palabras a su nieto Dante. Le decía que él sería alguien importante en el futuro, pero también le pedía prestado un juguete para divertirse con él. Sin embargo, dos hombres vestidos de negro irrumpían en escena, arrestando a Alessa por traición a la patria y llevándola esposada.

La desesperación de Dante se intensificaba, y sus gritos resonaban en la oscuridad. Eran recuerdos que había guardado o bloqueado en lo más profundo de su inconsciente. Un hombre esquelético y alto, vestido de rojo carmesí con ojos brillantes del mismo color, sostenía un cuchillo que había sacado de una almohada. Le advertía a Alessa que no hablara con alguien llamado Conrad, y proclamaba que la oscuridad la cegaría como una venganza antigua. El sacerdote de Seth clavó la daga en Alessa, aprisionando su alma en su interior.

Dante quedó perplejo al regresar de sus visiones, arrodillado en el suelo, con los brazos extendidos y las palmas hacia arriba, su espalda encorvada. Su linterna yacía en el suelo junto a una pared, iluminando una serie de pinturas y grabados que parecían contar una historia. Dante tomó su linterna para iluminarlas y allí fue cuando el horror se hizo más evidente en su rostro. Las pinturas mostraban a hombres adorando a los cielos, sacrificios de seres humanos, barcos de guerra y batallas sangrientas. El dios Seth señalaba a esclavos que eran flagelados y pisoteados.

Dante se alejó horrorizado, pero en cualquier dirección que mirara, había estatuas de los gobernantes de esa ciudad en ruinas. A lo lejos, estatuas aún más grandes señalaban hacia una torre gigante en el centro de la ciudad. Corrió desesperado, tropezando con una roca y cayendo al suelo, rompiendo su linterna en el proceso. Se resguardó en una esquina, murmurando:

—¿Protectores de la humanidad? ¿Abuela, qué te han hecho?

De las sombras surgió una música, la grabadora que Dante había guardado en su mansión reproducía la canción de cuna que su abuela le cantaba. Decía así:

—*Ya no llores más, hijo de Enoc y la paz, que los mares darán danzas de altamar, mira alto y más allá, que la luna y el sol te cuidarán.* Aquí estoy y siempre estaré contigo, Dante... lucha y jamás te rindas —la canción resonó acompañada de lo que parecía ser un abrazo gélido del espíritu de su abuela.

Dante sollozó en la oscuridad del abismo marino, pero pronto su mirada se volvió de enojo y determinación. Con la escasa luz que quedaba de su lámpara rota, el joven se alejó, adentrándose en la oscuridad.

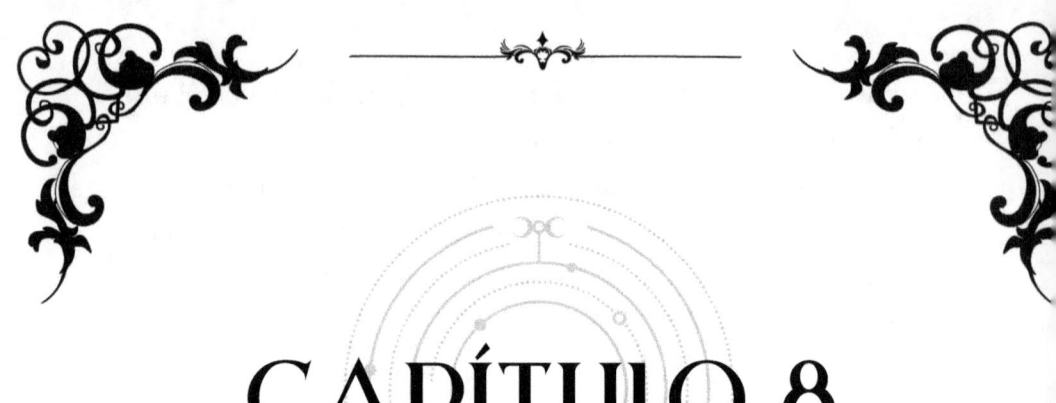

CAPÍTULO 8

Dante despertó en las profundidades del mar, donde la oscuridad se confundía con la luz. Una peculiaridad de ese lugar era que distinguir si era de noche o de mañana se volvía casi imposible, pero las criaturas marinas parecían dar pistas sobre el tiempo.

De repente, sonó una alarma estridente que decía:

—¡Entrenamiento! Todas las unidades de Horus a los dojos antediluvianos.

La escotilla se abrió y Dante tomó su chaqueta, dirigiéndose hacia la sala.

Una vez en la sala de entrenamiento, a todos les dieron trajes ligeros de color azul y una amplia selección de armas, desde largas hasta cortas, cuchillos y armas inusuales. Los soldados se alinearon frente a lo que parecía ser un dojo decorado con impresionantes grabados de antiguos guerreros, y saludaron al general Ikarus Maquiavelo al entrar, haciendo una reverencia.

—¡General, te saludo a ti y al cosmos! —dijeron al unísono.

Ikarus se posó enfrente de los cadetes y pronunció con voz firme:

—El alma del guerrero es aquella que sabe que nació para proteger a la humanidad, a su estirpe y a todas las formas de vida en este planeta.

Los soldados respondieron en coro:

—Si mi seguridad y paz están comprometidas, utilizaré mi conocimiento para honrar a aquellos que vinieron antes y los que vendrán después de mí, señor.

El general continuó:

—Con el favor de los dioses y el Universo, avanzaremos hacia la paz y sólo usaré toda mi inteligencia cuando...

Los soldados completaron la frase al unísono:

—Los colmillos de mi enemigo hayan mostrado todo su veneno, las aguas sean perturbadas y los dioses me lo demanden, señor.

Ikarus elevó la voz:

—Si el pilar de Gia se cuartea...

Los reclutas respondieron con determinación:

—Habré fallado a todas las dimensiones y el velo de Isis ya no nos protegerá.

El general continuó liderando el juramento:

—Repitan después de mí: Salve Horus.

Los soldados respondieron con entusiasmo:

—Salve Horus.

Ikarus prosiguió:

—Salve Isis.

Los reclutas repitieron en unísono:

—Salve Isis.

El general dirigió su mirada hacia Dante y gritó:

—Y que todos los dioses nos sonrían del otro lado con una buena historia al llegar al más allá, ¡ahhggg! —. Luego, en un susurro a Dante, advirtió—: Grábatelo bien, si no lo dices correctamente mañana, habrá consecuencias. Astor, Aquiles, al frente —dijo el general con una voz grave y autoritaria—. Deben conectarse con su entorno para alcanzar el trance de batalla. Cuando lo logren, podrán ver las cosas antes de que sucedan. La intuición es la máxima expresión de nuestro intelecto. Sean uno con sus armas y serán uno con sus intenciones. Muéstrenme su experiencia.

—Aprenda de esto, *Majestad* —respondió Aquiles con una sonrisa burlona dirigida a Dante.

Aquiles adoptó una postura de combate inusual: con el pie derecho al frente y el pie izquierdo atrás, sosteniendo sus espadas de manera peculiar. La espada derecha apuntando hacia adelante y la espada izquierda en diagonal cubriendo su rostro. El aire parecía volverse más denso alrededor de Aquiles, como si su mente estuviera acumulando toda la energía del entorno. Sus pies dejaban marcas en el suelo del dojo; sus músculos se hincharon ligeramente y las venas en sus brazos parecían cuerdas tensas de barco.

Astor, por su parte, también asumió una postura similar, pero sostenía un báculo metálico. Ambos comenzaron a moverse con una velocidad y fluidez impresionantes, sus movimientos eran tan rápidos que apenas se podían percibir. Dante observaba con asombro, pensando que Astor parecía tener más experiencia que los reclutas anteriores, a los cuales Aquiles había derrotado de manera cruel y despiadada. De repente, Aquiles dio un salto hacia atrás y golpeó con ambas espadas el báculo de Astor con tanta fuerza que salió disparado y se clavó en la pared.

Los soldados que se encontraban en su camino tuvieron que esquivarlo, y Astor cayó al suelo. Sin embargo, se levantó rápidamente, y asumió una postura similar a la de un león, mientras que Aquiles soltaba sus espadas y adoptaba una posición similar a la de una serpiente, esperando con soberbia y confianza.

Astor rodeó a Aquiles y atacó con una velocidad tal, que Dante solo pudo verlo caer al suelo, mientras que Aquiles seguía en la misma posición. Jamás pudo comprender lo que había sucedido.

Los soldados murmuraban y comentaban sobre la sorprendente habilidad de Aquiles.

—Dante, Enzo, al frente —dijo el general con autoridad.

Seré uno con el arma. Si recuerdo lo que dijo Ikarus, estaré bien, pensó Dante.

—Espero no lo tomes personal —comentó Enzo con una sonrisa.

Dante sacó su espada, observó a su alrededor y adoptó la postura que le pareció más adecuada debido a su personalidad, como la de un halcón: con el pie derecho en el suelo, el pie izquierdo levantado con la rodilla en el pecho, la mano izquierda al frente protegiendo su rostro en diagonal, y el brazo derecho con la espada abierta como si fuera un ala.

Enzo portaba una espada más corta y adoptó una posición recta, similar a la de una tortuga. Mantuvo el brazo derecho al frente, con la palma abierta, como si detuviera algo, y el brazo izquierdo sosteniendo la daga al revés.

—¡Comiencen! —gritó Ikarus mientras cruzaba los brazos y se llevaba la mano a la barba, visiblemente interesado en lo que iba a suceder.

Enzo avanzó lentamente en posición, respirando con agitación. Dante no pudo esperar más y se lanzó hacia Enzo, apartando con su brazo izquierdo el derecho de su oponente. Con su pierna izquierda le dio una patada en la pierna derecha, y golpeó con la empuñadura de su espada la cara de Enzo. Este retrocedió para evitar caer por la fuerza del golpe, arrastrando los pies. Dante regresó a su posición inicial. Enzo sacó una libreta de su bolso, anotó algunas cosas y se acomodó los lentes.

—Quería medir tu fuerza. ¿Eso es todo lo que tienes? Veamos si esto está a tu altura —comentó Enzo, lanzándose a toda velocidad contra Dante, quien detuvo el golpe, y este lo arrastró unos diez metros hacia atrás.

Enzo había golpeado la espada de Dante con una fuerza inmensurable, pero éste se levantó rápidamente, diciendo:

—Yo también te estaba probando, no lo tomes personal.

Los reclutas murmuraban entre ellos, intrigados por la habilidad de ambos. *Interesante*, pensó Ikarus.

Enzo anotó rápidamente algunas observaciones en su libreta, ajustándose las gafas con determinación. Se lanzó hacia Dante, cuyos ojos no podían seguir el ritmo de los ataques tan veloces.

Lo haces bien, pero te falta elegancia y técnica, pensó Enzo, con confianza.

Ambos chocaron sus armas, pero la diferencia era evidente. Enzo hacía volar su daga con cada golpe, atrapándola en su mano en un movimiento fluido y cambiando de manos, como si fuera un caparazón de tortuga. Dante intentó saltar sobre su rival, pero

Enzo lo apuñaló en la pierna derecha, misma que utilizaba para su postura principal, haciendo que Dante rodara hacia el otro lado del dojo, dejando un rastro de sangre.

Dante rápidamente rompió parte de su traje y lo utilizó para detener la hemorragia, amarrándola con fuerza contra su herida. *Bien hecho, Dante*, pensó Enzo mientras anotaba algo en su libreta y se acomodaba nuevamente las gafas.

Curioso, Dante se quejó.

—¿Qué tanto escribes en esa libreta? ¡Qué falta de respeto! —Dante cambio su postura, llevando la espada a su mano izquierda. Pero Enzo no le respondió. En su lugar, se abalanzó una vez más sobre Dante, noqueándolo al instante con un hábil movimiento.

Enzo tomó un momento para admirar su trabajo, satisfecho con su victoria. Guardó su libreta con cuidado y una vez más se ajustó las gafas.

Dante despertó en su cuarto. Con incredulidad, observó su pierna: estaba totalmente sanada. Salió de sus aposentos y comenzó a caminar sin rumbo, perdido en sus pensamientos sobre la difícil tarea que tenía por delante.

Llegó a un santuario dedicado a la diosa Isis, con un pequeño lago adornado con hojas flotantes y brillantes animales similares a garzas. Se quedó allí por un tiempo, con los pies descalzos sumergidos en el agua, reflexionando en las escaleras sobre los desafíos que enfrentaba. De repente, una voz familiar resonó detrás de él; Dante la reconoció al instante. Era Ángela.

—No siempre podrás controlar todo en esta vida, Dante —dijo ella mientras se sentaba a su lado y sumergía sus pies en el agua.

—¡Ángela, eres tú! Creí que seguías en el hospital —exclamó Dante, sorprendido, mientras observaba a la chica.

—La Hatshepsut nos trajo de vuelta al mismo tiempo. Me dedico a entrenar a las fuerzas especiales y a los nuevos reclutas dentro del salón oscuro —explicó Ángela.

—¿El salón oscuro? —preguntó Dante intrigado.

—Sí, es donde enseñamos técnicas para defenderse de lo que acecha en la oscuridad. Me enviaron para llevarte personalmente y que puedas entrenar —reveló Ángela.

—Algo similar a lo que nos sucedió en mi mansión. Siento lo que pasó... pero soy nuevo en todo esto —dijo Dante, jugueteando con sus pies en el agua.

—Lo entiendo, eres demasiado impulsivo. Enzo me pidió que te entregara estas notas —dijo Ángela.

Las notas contenían dibujos, técnicas y anotaciones para que Dante pudiera mejorar, según lo que Enzo había observado durante su enfrentamiento.

—Genial, le agradeceré cuando lo vea. Pero él no es el maestro... ¿por qué se tomó la molestia? —preguntó Dante, confundido.

—Los humanos menores están atrapados en una burbuja, en una ilusión de la que no pueden escapar, y creo que tiene mucho que ver con esto... Mira, Dante, es cierto que hay jerarquías en la vida. Puede que aún no te tratemos como a nuestro rey porque no te lo has ganado. Además, no estás listo para semejante tarea.

"Los de la superficie ven las cosas de manera diferente, viven de una manera superficial, todas las personas, criaturas e individuos pueden enseñarte algo. Arriba nombran a alguien presidente, o líder, y todos lo respetan, siguen y obedecen debido al miedo e hipocresía. Pero aquí abajo nos guiamos por la conciencia y el corazón, por los hechos y no por las palabras. Enzo quiso ayudarte, no busques explicaciones, aprende a escuchar antes de actuar, y verás cómo tu mundo cambia y podrás romper la barrera que te separa de tu verdadero ser", instruyó Ángela mientras se metía en el agua, quitándose casi toda su ropa.

Dante quedó boquiabierto al contemplar a una mujer tan hermosa.

—Sí, profundo... digo, hermoso... quiero decir, ¡ah, ya entiendo! —comentó Dante nervioso.

Ángela se acercó a una planta que yacía en el centro del lago frente a la estatua a Isis, y la tomó con delicadeza.

—Puede que a simple vista sea una simple planta, pero lo que lleva dentro es algo preciado, puede ser el hogar o el mundo de alguien—. Ángela removió una planta y vio a un animal muy extraño que alimentaba a sus crías—. ¿Lo ves? Nada es lo que parece. Ahora ven, lo difícil apenas comienza —dijo Ángela mientras salía del pequeño lago, se vestía y le extendió su mano a Dante.

Ambos caminaron juntos hacia el campo de entrenamiento.

—Ángela... ¿cómo fue que escapaste del Máster Caster?

Ángela contestó abruptamente:

—¡Escúchame bien! Mi ayuda hacia ti es solo porque la vida de todos los seres de este mundo, y su capacidad de evolucionar sin que todos seamos asesinados, depende de que sigas respirando. De lo contrario, todo esto sería otra historia. ¡Eres soberbio, impaciente y egocéntrico! Y te diré otra cosa: allá arriba, en la superficie, la gente no cambia; por lo tanto, tú jamás cambiarás, ¿entiendes? Ahora mira y aprende... mientras nos quedan razones para resistir—. Con un suspiro, Ángela se disculpó con Dante—: Mis disculpas, amigo mío. No soy de carácter liviano, los sueños que tuve durante mi coma... —Ángela se detuvo y sostuvo sus lágrimas, visiblemente afectada—. Fueron cosas horribles. Si te ofendí, te pido perdón. Lo más probable es que tus sueños sean igual de oscuros o incluso más macabros que los míos.

Mientras tanto, las tormentas arreciaban en Santorini, mostrando la ira de los dioses con relámpagos y truenos. Las escasas luces apenas iluminaban las calles y las viviendas de la isla.

Seth salió con su nuevo cuerpo, preparado ejecutar su plan.

Sus seguidores arribaron en helicóptero a la plaza que se encontraba frente a la entrada principal de la mansión. Vestían trajes negros con capuchas, pareciendo más bien miembros de algún servicio secreto. Llevaban dispositivos de comunicación en sus oídos, tenían extrañas prótesis en los ojos con múltiples graduaciones, escrutaban su entorno constantemente y tres miembros de la élite de soldados del dios del desierto, Los Colmillos de Seth escoltaban al dios.

—Mi señor, su transporte está listo para partir. Los miembros del consejo se han reunido en las instalaciones cercanas a la excavación. No saben que está aquí... ¿Cuáles son sus órdenes? —informó uno de los agentes.

Seth, enigmático y misterioso, respondió con determinación:

—No informen de mi llegada. Los tomaré por sorpresa, tal vez así pueda confirmar mi teoría —sus palabras resonaron con una oscura intención.

De repente, Seth distinguió a una niña de unos nueve años sentada en el porche de una casa vecina a la mansión. Se detuvo en seco antes de avanzar hacia el helicóptero, observándola fijamente. La niña inclinó la cabeza. Seth sintió un escalofrío recorriéndole la espalda mientras rechinaba los dientes. Se acercó a la pequeña, tocando sus rizos dorados con una extraña fascinación. Parecía que la sangre atlante fluía por las venas de la niña, algo que sólo el Dios del Caos podía discernir. Se mordió el labio, rascó su oreja y se sentó junto a ella.

—Hola, señor —saludó la niña.

—¡Qué horror ver a un infante después de tantos años! —murmuró Seth, sin embargo, la niña no se veía afectada por su aura de muerte, represión y corrupción energética. Seth intuía que la niña era especial—. No pareces estar triste, pequeña —continuó Seth—. ¿Cómo te llamas, esclava?

—¿Esclava? Usted es muy gracioso. Soy Ellen Athanasopoulos, señor —respondió la niña—. ¿Usted está triste? Mi mami dice que los hombres tristes deben ser amados. Siempre me da abrazos y me lee cuentos para dormir. ¿A usted no le leyeron cuentos para dormir?

Las palabras inocentes de la niña tocaron una fibra sensible en Seth, despertando una furia desmesurada en él. La abrazó, colocando su brazo derecho sobre sus hombros.

—No tengo una mami como tal, pero sí un papi —dijo Seth con una voz llena de amargura—. Verás, pequeña Ellen, nunca me leyeron un cuento para dormir, pero conozco uno… ¿quieres que te lo cuente?

—¡Por favor, señor triste! —exclamó Ellen con entusiasmo.

—Érase una vez un niño de inmenso poder, superior a todos sus semejantes. Poseía la habilidad de vislumbrar el pasado, el presente y en ocasiones el futuro, lo cual llenaba de temor a su padre. Pero

¿qué ocurre cuando naces en un cuento donde te toca ser el malo? Una carga que debes llevar por el resto de tu vida, como bien sabes, Ellen.

"Este niño a pesar de sus esfuerzos, no conseguía el amor de su padre, quien seguía impasible ante sus proezas y le daba la espalda. Aun así, el niño cumplía ciegamente las órdenes de su progenitor, ayudándolo en su trabajo. Pero un día, después de librar innumerables batallas, en lugares incomprensibles para la mente humana, el niño ya convertido en adulto se dio cuenta de que todos se burlaban de él. Descubrió que todo era una farsa para utilizarlo en su propio beneficio.

"Su amada esposa había perecido en aquellos tiempos, lo cual lo enfureció profundamente. Haciendo una promesa ardiente, juró acabar con aquellos que se habían reído de él y reemplazar a su propio padre. Así que, Ellen, tú enviarás un mensaje y te contaré un secreto: tú te asemejas mucho a ellos".

Seth se levantó y observó a la pequeña Ellen yaciendo sin vida, con una expresión inocente en su rostro. Había robado su alma.

El Dios del Caos se rascó la oreja izquierda y se dirigió hacia su helicóptero. La tormenta rugía con furia y un rayo cayó a escasos metros de los hombres que acompañaban a Seth, haciéndolos saltar.

Mientras la lluvia caía sobre su rostro, Seth gritó hacia los cielos:

—¿Qué estás esperando? ¡Mátame! Ya verás lo que le sucede a tu preciado planeta. ¡Experimentará mi ira!

El helicóptero llevó a Seth al cuartel, donde los líderes del culto ya estaban reunidos. El dios, aunque ahora en un nuevo cuerpo, emanaba una presencia aterradora que infundía miedo en sus seguidores. Seth pasó por varios pisos, oficinas del cuartel, y cada persona que lo veía le mostraba un gesto de respeto.

Entre dos guardias del servicio secreto le abrieron a Seth la puerta de madera del salón de reuniones, decorada con grabados siniestros. Los líderes del culto se preguntaban por qué debían estar allí, pero, en cuanto Seth entró, todos dejaron de hablar y dirigieron su atención hacia él. Los soldados de élite que lo acompañaban rodearon la enorme mesa de quince metros de largo y dos de ancho. Había más de treinta líderes del culto, pero nadie se atrevía a romper el incómodo silencio con un halago vacío.

La respiración agitada de los presentes creaba una cacofonía de pánico, ansiedad e impresión. El eco de una tos esporádica en la sala añadía otro nivel de tensión en las mentes corrompidas y ávidas de poder de los miembros del culto. Seth se movía detrás de ellos, con los brazos cruzados a la espalda y una mirada penetrante que parecía leer los pensamientos más oscuros de cada uno de sus siervos.

Pasaron uno o dos minutos hasta que el dios señaló a uno de los presentes, y, en ese instante, uno de los soldados de élite sacó su arma y disparó a su frente. El cuerpo cayó pesadamente sobre la gigantesca mesa de madera, rompiendo el silencio con un sonido sordo que impactó a todos los presentes.

Seth continuó analizando a cada uno de sus siervos hasta que se posicionó detrás de uno en particular, y dijo:

—¿Están infiltrados y aun así vamos ganando? Debo confesar que esperaba más de ustedes.

Un miembro intentó ponerse de pie para refutar tal afirmación, pero una bala ya había atravesado su cráneo, haciendo que su cuerpo se estrellara contra la mesa, y salpicara a Seth con los restos de su cerebro.

—Los tiempos que creían vivir ya no existen, ahora está su dios. Conmigo no hay secretos, porque yo los inventé. Conmigo no hay planes en la oscuridad, porque yo soy la oscuridad. Y conmigo no hay tranquilidad. Solo puedo ofrecerles un estilo de vida similar al que tienen, si hacen lo que les digo. Mañana comienza un nuevo plan, y les aseguro que mi sed de sangre jamás ha sido más grande

—proclamó Seth, mientras comenzaba a llenar una copa de vino con la sangre del infiltrado.

Luego, hizo que cada uno de sus miembros la bebiera. El silencio reinaba en la sala, solo interrumpido por el sonido de las copas siendo llenadas con aquel líquido carmesí.

Los líderes del culto miraban a Seth con temor y admiración, incapaces de desafiarlo. Su presencia era abrumadora, su aura malévola envolvía la habitación como una niebla tóxica.

Dante y Ángela se encontraban a pocos metros de distancia de los cuartos de entrenamiento en el Deep-End. A través de los característicos vidrios del lugar, podían ver y escuchar a los soldados del Core combatiendo contra los entes.

—Seguro Ikarus ya te dijo que estos no son reales, son hologramas de alta tecnología —dijo Ángela.

—Me dio un tour por los principales campos de entrenamiento, pero jamás he entrado a uno de estos —contestó Dante.

Al entrar en el cuarto, parecía un espacio común y corriente del Core, excepto por el techo. Este tenía unas esferas flotantes de aproximadamente treinta centímetros de diámetro.

—Muy bien, reclutas —comenzó Ángela con una voz firme—. La mayoría de ustedes no se ha enfrentado contra una sombra o, como me gusta llamarles, rellenos. Se preguntarán, ¿por qué rellenos? —comentó.

—Porque son lo que reside dentro de cada uno de los seguidores de Seth —intervino Dante.

Ángela se acercó a Dante, mirándolo fijamente a los ojos.

—Así es, pero si vuelves a interrumpirme, te mandaré de nuevo al hospital —advirtió.

Dante quedó atónito; la comandante era otra persona cuando se trataba de entrenar. Sus ojos brillaban con una determinación feroz y su autoridad era innegable. Era evidente que Ángela no toleraba distracciones ni insubordinación en su sala de entrenamiento.

—¡Como Su Majestad acaba de confirmar, sí! Estas cosas son el alma corrompida de los seguidores de Seth o, dicho de otra manera, más compleja, son las almas de un atlante oscuro. Es tan horrible la magia que emplean, que el Universo no logra encontrar ninguna señal de pureza en ellas, no saben dónde ponerlas a la hora de su muerte pudriendo sus almas. Estas entidades pueden poseer, mutilar, absorber la fuerza vital y esconderse en cualquier lugar. Se alimentan de los malos pensamientos y de los recuerdos más oscuros.

"Tendrán a su disposición jeringas que curarán momentáneamente su cuerpo para seguir luchando. Nuestros alquimistas más talentosos han creado varios tipos de jeringas, algunas aumentan la capacidad del cuerpo para regenerarse, otras te mantienen despierto por días completos sin afectar la salud, y las más importantes son aquellas que aumentan el nivel de vibración para generar un campo magnético que te protege de estos seres. Cada día veremos una jeringa diferente.

"La clave es no sucumbir al miedo. Cada segundo que pasen atemorizados es un segundo que hace más fuertes a estos seres de la oscuridad. Tendrán que utilizar todo su conocimiento en tecnología, y armas para acabar de maneras poco comunes con las sombras.

"Miembros del Deep-End, estas son las verdaderas sombras, y cada uno de ustedes las ha experimentado de manera distinta".

Ángela ordenó a los soldados que activaran su visión de calor, y se colocaran en formación en un oscuro callejón que un soldado había visualizado en su mente.

El escuadrón se distribuyó en una formación extraña pero funcional, con algunos vigilando los lados, otros apuntando a las esquinas, al frente, y el resto cubriendo las espaldas. De repente, una risa macabra resonó en todas las paredes, moviéndose y desorientando a Dante mientras intentaba seguirla. Los basureros cayeron y una sombra emergió del suelo, emanando un humo negro, y con ojos rojos que se fijaron en el escuadrón.

La sombra se movía como una araña, trepando por las paredes con una velocidad inhumana, hasta que desapareció una de ellas y reapareció en el centro del escuadrón, llevándose a dos soldados en un instante. A pesar de los disparos del escuadrón, nadie lograba alcanzar a la entidad.

Un soldado sugirió cambiar a una formación circular. La sombra volvió a aparecer, esta vez con los soldados que habían sucumbido, convertidos en algo similar a zombis y apuntando al escuadrón. Uno de los soldados preguntó angustiado qué eran esas criaturas, pero otro le ordenó enérgicamente que guardara silencio y disparara.

A pesar de los intentos de repeler el ataque, uno a uno, los soldados fueron neutralizados y arrastrados por las sombras. Dante imitó a Ángela, confiando en su agudeza visual sin necesidad de los lentes, notando que, al ser simulaciones, sí los necesitaba.

Aunque lucharon valientemente, todo fue en vano.

Dante cerró los ojos y recordó la frase que resonaba en su mente: *"Nada es lo que parece, todo es una ilusión"*. Rápidamente transmitió la advertencia a través de su comunicador:

—Fuego amigo, repito, fuego amigo. Rápido, lancen sellos —ordenó Dante mientras los soldados restantes lanzaban bombas que al explotar dejaban sellos sagrados en el suelo, revelando a sus compañeros caídos.

Solo quedaban dos soldados y Dante, quien se asustó al recordar su pelea contra Seth. De repente, algo extraño sucedió y el entorno del cuarto de entrenamiento cambió a un cuarto de la mansión familiar de Dante. Todos quedaron espantados y Dante fue noqueado en ese instante.

Al terminar el entrenamiento, Ángela explicó que los lentes que utilizaban eran un regalo del culto a la diosa felina Bastet, y que su magia les permitía detectar a esos seres. Los soldados noqueados, incluyendo a Dante, fueron llevados a sus habitaciones para ser atendidos por un médico y descansar en las camas medicinales.

El cuarto de entrenamiento tuvo un error... uno de los soldados ya había puesto en marcha el entrenamiento, con su mente y fobias... no cabe duda de que Seth causa demasiado terror. Tal vez por eso cambió repentinamente, ninguno de sus seguidores se compara al mismísimo Dios de las Tinieblas, pensó Ángela mientras los cadetes eran llevados fuera de la sala.

Dante despertó de nuevo en su cuarto y se dijo, *oh carajo, está bien, todo está bien... Cada día seré mejor en esto, ¡odio no poder vencer los entrenamientos! Bueno, cálmate Dante,* mientras se tiraba al suelo para hacer lagartijas.

—¡Jamás me rendiré, nunca descansaré hasta ser el más poderoso del Deep-End Core! —exclamó el muchacho.

En ese momento, Ikarus entró y vio a Dante haciendo ejercicio.

—¡Dante, tenemos trabajo que hacer! Veo que has empezado bien tu jodida marea. ¡Párate, molusco apestoso! —dijo Ikarus, levantando con una sola mano al joven.

No puedo esperar a que obedezcas todos mis deseos, general. Solo espera y verás, pensó Dante, enfurecido.

—No me pongas esa cara, todavía no eres rey... sígueme y no avergüences a tus ancestros ¡más de lo que te avergüenzas a ti mismo todos los días! —gritó el general.

Las palabras de Ángela en el estanque llegaron a los pensamientos de Dante, logrando calmarlo. *Soportaré lo que sea. Creo que no contestándole, y escuchando, evitaré cualquier problema o molestia,* pensó el joven con determinación.

Dante pudo ver en uno de los pasillos a una mujer, lloraba desconsoladamente en los corredores principales de las barracas. A regañadientes, el general le decía:

—Dante, déjala, no es el momento —pero el joven no hizo caso y preguntó.

—¿A quién se han llevado?

La mujer, entre sollozos, contestó:

—A mi hijo Astor, salió a una misión y no ha vuelto... ninguno de su escuadrón.

Dante trató de calmar a la mujer diciéndole:

—Señora, sólo espere. Seguro que los dioses y su gente lo encontrarán. Vaya a los templos y téngalo presente en sus pensamientos.

La mujer agradeció a Dante, llamándolo "majestad", y prometió ir a los templos.

Dante ordenó a los altos mandos que pusieran la imagen del escuadrón completo en los carteles holográficos de toda la Nueva Atlántida, y que todos investigaran qué había pasado.

—Herederos de la sangre antigua, a veces las misiones son muy peligrosas. Seth tiene demasiado poder sobre este mundo... pero nosotros somos los que estamos en primera línea, sacrificando nuestra vida para evitar a veces lo inevitable... Confíen en sus guerreros, quienes estamos trabajando para llegar a ser lo que alguna vez fuimos. ¡Salven los dioses! —gritó Dante, acomodándose su equipo de batalla y golpeando su peto metálico.

Todos se pusieron a trabajar, movilizarse y dos mujeres llevaron a la señora al templo.

¿Será que este insecto podrá con todo lo que viene?, pensó Ikarus.

—En marcha, general, tenemos trabajo —dijo Dante

—Creí que yo era el que daba las órdenes aquí, caballito de mar. Por más inspirador que fue tu discurso, todavía no eres rey, no puedes dar órdenes... todas tienen una reacción, tú no estás listo para lidiar con eso —comentó Ikarus.

—En marcha, general, tenemos trabajo —dijo Dante con urgencia, instando a todos a ponerse en movimiento.

Sin embargo, Ikarus no pudo evitar cuestionar su autoridad. Dante no se dejó intimidar.

—Nadie cuestiona tu autoridad, pero aprendí del mejor. Me hubiera gustado que tú dieras las órdenes y ayudaras a la mujer. Está claro que este lugar necesita un cambio y que los dirigentes actuales son inadecuados —contestó Dante con firmeza, desafiando al general.

El general, molesto, tomó a Dante de su armadura y lo recargo en la pared con fuerza.

—Lo que Su Alteza no entiende es que todos estamos dando nuestras vidas en esta batalla perdida, así que más respeto a tus superiores —dijo el general con autoridad.

Dante no retrocedió.

—Eso ya lo sé, general. Tal vez un cambio de mentalidad les haría ver más allá de esta realidad burda en la que viven. Necesitamos un líder fuerte que no tenga miedo —contestó Dante con determinación.

Ikarus intervino con voz firme:

—Y también necesitamos un líder que pueda ver la realidad sin caer en la soberbia. Esta realidad que criticas es más segura y majestuosa que la superficie. Aquí abajo no vivimos en una mentira —afirmó, antes de dar la espalda y dirigirse hacia el campo de tiros y tecnología.

Imponentes estatuas de guerreros custodiaban la entrada del lugar, sus espadas cruzadas, bloqueando el paso. Ikarus se arrodilló sobre un círculo tallado en el suelo y pronunció unas palabras, luego tocó con las yemas de sus dedos un grabado en forma de ojo en la puerta. Las espadas comenzaron a moverse, abriéndose paso y revelando un salón que se extendía interminable ante ellos. El suelo estaba cubierto de piedras, metales y vidrios característicos de todo el complejo, reforzados con la magia más antigua de la humanidad, mismo que permitía ver a los animales marinos del exterior. A los costados del salón se alineaban armas de todo tipo, reluciendo con un brillante metal plateado, y con grabados de protección.

Los soldados practicaban con hologramas proyectados desde el techo, mientras el general llamaba a todos para comenzar la lección.

—Elijan un arma; los veré al frente para su instrucción. Rápido, ballenas, no tengo toda la marea —ordenó con autoridad.

Un soldado se burló de Dante, recordándole su derrota a manos de Aquiles en los dojos antediluvianos. Dante guardó silencio, respiró hondo y se preparó con arma en mano.

—En este lugar aprenderán a arrebatar la vida —comenzó Ikarus en tono serio—. Sé que, para seres como nosotros, con nuestras creencias, puede ser difícil de aceptar, pero créanme cuando les digo que hasta los dioses entienden que es legítima defensa, y disfrutan del espectáculo. Pero no se equivoquen, en este momento el mundo es un campo de guerra. Arriba, en la superficie, las cosas no van bien, y dependiendo de cómo se desempeñen aquí decidiremos si purificamos a esos bastardos, o si la superficie seguirá pudriéndose. Miren y aprendan, gusanos insignificantes.

Ikarus tomó un rifle de su acompañante, encendió su pipa y apunto con precisión mientras instruía a los cadetes.

—Cada arma de nuestras armas se alimenta de estos pequeños cristales. Nunca se quedan sin energía, pero, si cayeran en manos humanas, se autodestruirán, y los cristales se volverían simples piedras raras. No queremos que esta tecnología caiga en manos equivocadas y tengamos problemas —advirtió con determinación.

Salieron numerosos enemigos, alrededor de una docena, y, en un abrir y cerrar de ojos, los hologramas fueron derrotados.

Ikarus bajó su arma, el humo de su pipa flotaba a su alrededor, y giró hacia los cadetes.

—Tu cuerpo debe ser tan rápido como tus ojos —dijo con solemnidad—. Si no estás preparado físicamente para el campo de batalla, estos malditos te lo recordarán de manera cruel.

"El ego ha sido un problema en nuestro culto a Horus durante mucho tiempo. Somos poderosos e implacables, pero, si nos dejamos llevar por la venganza y nuestras emociones, sin un fin noble, acabaremos como Seth, así de simple.

"¡Si los sumos sacerdotes de Seth temen un color, seguro que le temen al maldito color azul!"

Ikarus explicó que cada uno tendría una pista para disparar y que no debían involucrarse en peleas innecesarias. Además, advirtió sobre las filas de Seth, que no solo estaban compuestas por soldados oscuros, sino también por practicantes de magia corrompida y macabra del abismo más profundo. Estos enemigos tenían la capacidad de detener las balas con un campo de fuerza rúnico. Sin embargo, la única forma de detenerlos era con una granada de pulsos, que dañaría su campo electromagnético, y con el que invocarían energía oscura de su entorno para lanzar sus hechizos.

—Eso nos dará aproximadamente diez segundos para acabar con ellos —concluyó el general con determinación—. Disparen a voluntad y diviértanse un poco —incitó Ikarus.

Los reclutas se posicionaron rápidamente, mientras Dante empuñaba su arma y presionaba un botón en forma de tridente. De las sombras emergieron figuras siniestras, pero ya no eran solo sombras, sino también monjes con túnicas negras y rojas, portando espadas largas y báculos amenazantes.

Dante disparó frenéticamente, intentando repeler el ataque, pero no fue suficientemente rápido. Uno de los sacerdotes desapareció y reapareció frente a él, colocando su mano en la frente del joven, y recitando un hechizo en susurros espectrales, dejando al joven noqueado.

Dante cayó al suelo, sus ojos cerrándose lentamente mientras los demás reclutas luchaban con desesperación. Los sacerdotes oscuros eran implacables con su magia corrupta, superando en habilidades y velocidad a los atlantes.

CAPÍTULO 9

Dante se entregó en cuerpo y alma a su entrenamiento durante meses, dedicando incontables horas a perfeccionar sus habilidades. Poco a poco, su fuerza y destreza en el combate cuerpo a cuerpo se volvieron formidables, ya no perdía contra ningún recluta en los enfrentamientos. En el cuarto oscuro, logró enfrentarse a todas las sombras con su equipo intacto, convirtiéndose en un experto en el uso de cada arma del Core.

Con cada victoria, Dante se fue ganando una reputación en el Deep-End Core. Su nombre resonaba en la civilización Atlante, y, finalmente, llegó el momento crucial: los exámenes más importantes, el campeonato mundial de Ra. Era la oportunidad de enfrentarse a los equipos más destacados, demostrar su valía y alcanzar la gloria.

Una mañana, Ikarus llegó a la habitación de Dante con una noticia interesante: un sacerdote del templo mayor quería verlo. Curioso, Dante siguió a Ikarus en un viaje mágico por encima de los templos y residencias sagradas. Pasaron por el imponente titán que custodiaba la puerta, quien esta vez los dejó pasar sin problemas.

A medida que se adentraban en el templo, Dante experimentó una sensación de paz interior como nunca. Había entregado todo de sí mismo para mejorar en sus responsabilidades, y ahora se encontraba en un lugar sagrado, sin preocupaciones ni lamentos.

Finalmente, llegaron a los aposentos del sacerdote. Este era un hombre calvo, con una corona metálica, adornada con un ojo, en su frente. Vestía túnicas que parecían tener un carácter sagrado, y emanaba una energía poderosa que se acumulaba en sus palmas, como si estuviera en conexión directa con fuerzas divinas.

—Las mareas te favorecen, Dante. He tenido una visión en la que te enfrentabas a Seth... Creo que es momento de abrir tu mente, superar tus traumas y…. posteriormente, te llevaré con la suma sacerdotisa. Acércate pensando en lo más importante que has visto en tu vida —comentó el sacerdote de Isis.

Dante se acercó lentamente, recordando la vez que vio a los dioses, y lo que había hablado con ellos.

—Ah, ya veo, no puedo acceder a ese recuerdo, estuviste a punto de ser raptado por los sacerdotes de Seth. ¿Estás consciente de que nos pusiste en grave peligro? Trata de recordar la noche en la que empezó todo —dijo el sacerdote mientras recitaba unas palabras en un idioma antiguo, uno que Dante jamás había escuchado, ni siquiera algo parecido. Al terminar el hechizo, el sacerdote le tocó la frente.

Dante, en ese momento, se transportó a un día en el que se encontraba en un trance en su departamento. Desde una perspectiva externa, observaba cómo buscaba con ansias y pintaba algo relacionado con la figura similar a los Anunnaki. A medida que se acercaba, podía notar la avaricia y el enojo en los ojos de su yo del pasado.

Dante se acercó a las computadoras, y una de las muchas pestañas abiertas en su navegador decía: <Secretos de la esfinge revelados: ¿Qué yace debajo de la pirámide de Keops?>. El Dante del pasado se sentó en su silla y, al darle "imprimir" a un documento, su computadora explotó. Sus ojos se iluminaron al ver la luna, mientras el Anunnaki que reposaba en su mesa proyectaba algo, y el Dante del pasado caía al suelo.

El Dante del presente, que observaba todo esto con expectación, presenció cómo las pirámides de Egipto se revelaban ante él. Dentro de la pirámide de Keops, había una nueva cavidad que albergaba el cuerpo de un ser extraño de color azul, con una cabeza alargada. Debajo de la esfinge, había unos pasadizos que conducían a lo que parecía ser una pirámide invertida debajo de la de Keops. En la punta de la pirámide invertida, había un mecanismo que funcionaba con un orbe de color amarillo brillante. Los planos de este complejo aparecieron ante Dante, y él se movió por la habitación en medio de las proyecciones.

Fue entonces, al tocar su cuerpo inerte en el suelo, cuando regresó al templo.

—Dante, esto es verdaderamente lo más importante que presenciarás en tu vida. Yo también lo he vislumbrado al conectarme contigo, pero se supone que esto es alta magia, solo la familia real, los sumos sacerdotes de Isis y los hijos de Thot han sido capaces de verlo y manejarlo... pero nos falta una pieza. Esa pieza es la causa de las guerras, la muerte, las desapariciones de tu familia y todos los males en el mundo. El artefacto puede construir, pero también puede destruir. Los sacerdotes de Seth lo han buscado durante milenios.

"Seth intentó engañar a tu tatarabuelo, Ulises, para crear un nuevo mecanismo más poderoso. Lo que nadie ha logrado descubrir, al invocar su ser astral, es para qué sirve realmente el mecanismo. Además de regresar a los dioses a su forma original, su forma astral.

"¿Lo ves, Dante? Sin ti, no podemos lograrlo", afirmó el sacerdote.

—Ahora lo entiendo todo. Necesito reunir un equipo e ir a la mansión Nikolaidis. Ahí deben de estar los planos de mi tatarabuelo. Ese mecanismo funciona con el Orbe de Thot, el primer mecanismo que encerró a Seth en su forma humana, ¿no es así?.

"Lo necesitamos, mi ancestro escondió los planos del orbe en el lugar más obvio, un lugar donde Seth jamás buscaría, la mansión. Muy inteligente", dijo Dante, siendo interrumpido por el sacerdote.

—No tan rápido, Dante. Aún no eres un guerrero, ni mucho menos un emperador. Mis hermanos te llevarán con Hatshepsut para que aprendas a controlar tu ser astral. Porque así es, Dante, lo que pintaste es tu verdadera forma, tu forma astral —dijo el sacerdote mientras volvía a su posición, se volvía para mirar el fondo del mar desde su ventana circular, y se despedía de Dante.

Subieron hasta llegar al majestuoso templo de Isis, donde Hatshepsut, sentada en su trono dorado, se levantó y llevó a Dante a un balcón con vistas al profundo abismo. Desde allí, se podía contemplar el imponente paisaje del Deep-End, y la Nueva Atlántida.

—Isis te favorece, Dante —dijo la vocera de Isis telepáticamente—. Yo te enseñaré a conectarte con tu ser astral, a descubrir tu verdadera esencia y dejar atrás los traumas del pasado.

Dante asintió, inquieto por la carga de traumas que llevaba consigo. *Los traumas son muchos: mi familia, mis padres y todo lo que está sucediendo. ¿Cómo puedo alcanzar ese nivel de consciencia?*, preguntó.

—Las cosas no simplemente pasan, Dante, suceden —continuó la Hatshepsut con sabiduría—. Tu familia es parte de un gran plan. A veces lo que queremos no llega en el momento que deseamos, porque los dioses nos tienen preparado algo aún más grandioso de lo que podemos imaginar. Todo es un ciclo, y aquellos que ya no están en este plano cumplieron su propósito.

"Si sabes lo que puedes hacer, cuando eres consciente de tu realidad y le dices a tu mente que todo estará bien, así será. Nuestra mente es sumamente poderosa. Los hilos del Universo nacen en ella. Conéctate con todo lo que te rodea. Incluso Seth cumple un propósito que ni siquiera él imagina.

"Cierra tus ojos y canaliza la energía en tu frente, justo en medio de tus dos ojos.

"A veces los dioses nos hablan de muchas maneras, a través de números, símbolos que vemos en todas partes, o a través de otras personas o de nuestro pasado. Si te gusta la música, comprenderás a lo que me refiero.

"No temas, Dante. Cierra tus ojos y camina contigo mismo. Eres uno de los pocos que ha visto su forma astral. Conéctate con todo, y descubrirás el poder que llevas dentro", reflexionó la Hatshepsut.

Dante se sumergió en un estado de concentración profunda, donde cada sonido, cada animal de las profundidades y cada pensamiento se convirtieron en un solo mensaje claro, solo para él. El tiempo parecía desvanecerse en ese momento.

De repente, unas voces resonaron en su mente. *"Hijo mío, estamos orgullosos de ti. Sabemos que puedes enfrentar todo esto"*, dijo la voz de su madre.

—¿Madre? —preguntó Dante, sorprendido y con mucho dolor.

—Así es, hijo. Estoy con todos tus ancestros. No te preocupes por nosotros, ahora todo es perfecto. Los seguidores de Seth ya no nos podrán torturar. Eres la única esperanza de este planeta. ¡Lucha, hijo, lucha! —instó el espíritu de su madre, con determinación.

Dante también escuchó el susurro de su abuela Alessa.

—Así es, querido nieto. Conéctate con nosotros, deja en el pasado el dolor y las pérdidas. No las olvides, pero lucha para que nuestro sacrificio haya valido la pena.

El pensamiento de Dante se volvió más intenso.

—Pero Seth tiene que pagar —murmuró en su mente.

—Lo hará, hijo —dijo la voz de su padre—. Yo no sabía en qué me estaba metiendo cuando me casé con tu madre, ninguno de los hombres de la familia. Eres un hombre excepcional, Dante.

La voz de otro espíritu, que parecía ser Ulises, resonó en su mente.

—Deja ir todas tus preocupaciones y asciende, Dante. Ve por mis escritos a la mansión. En la frente del kraken, en el piso de mármol, presiona el botón en forma de triángulo cuando entres en tu estado astral. Se abrirá una compuerta que te llevará a lo que te mereces. Recuerda que siempre estaremos contigo.

En ese momento, los ojos de Dante se tornaron brevemente de color azul, pero no lo suficiente.

—Bien, Dante, te veré mañana a la misma hora. Sabes cómo llegar; no necesitas decirme qué sucedió. Puedo verlo como tú, sin necesidad de un objeto externo o un hechizo. Que los dioses te guíen y acompañen —comentó la sacerdotisa.

Dante regresó a su cuarto, y, al entrar, se percató de la presencia de alguien anotando cosas en una libreta, observando a su alrededor con curiosidad.

—Enzo, ¿qué haces aquí? —preguntó Dante con sorpresa.

—He venido a llevarte a conocer algo maravilloso fuera del ámbito militar. ¡Oh, esas son fotografías! ¿Es tu familia? —indagó Enzo con interés, mirando las fotos expuestas.

—Sí —respondió Dante.

—Vaya, muy interesante. ¿Dónde están ahora? ¿Arriba en la superficie? —inquirió el joven con gafas.

Dante no contestó, su rostro se ensombreció.

—Oh, ya veo. Lo siento mucho. Vamos, te llevaré a conocer —continuó Enzo—. Si sigues el camino a la derecha, encontrarás los Keops, bestias marinas metálicas y enormes que utilizamos para recolectar bienes necesarios para que funcione nuestro estilo de vida y para la guerra. Si sigues el camino a la izquierda, llegarás a la ciudad. Allí puedes encontrar casi todo lo que tenías en la superficie, pero de una forma muy diferente, si sabes a lo que me refiero. Es allí donde iremos.

"Te llevaré a mi bar favorito, te encantará. Ponte el casco", dijo Enzo, ofreciéndole uno de muchos que colgaban en las paredes.

—En las películas de la superficie, los atlantes no usan casco y pueden respirar debajo del mar. ¿Por qué nosotros necesitamos los cascos? —cuestionó Dante.

—Dante, para que eso suceda, necesitaríamos cientos de miles de años de evolución, o incluso millones. Y la gran inundación fue tan repentina que no hubo tiempo para aprender a nadar. La tierra se tragó todo el continente, hasta llevarlo a lo más profundo del mar. Si no fuera por el báculo de Ra, que tenemos en el centro de la ciudad antigua, no habríamos sobrevivido. Eso nos permite tener vida.

"Lo cierto es que ahora soportamos la presión del abismo sobre nuestros cuerpos. Antes se usaba un traje especial muy delgado, y estos vidrios sagrados nos permitieron sobrevivir. Al principio no podíamos salir de la estructura. Lo que viste en las películas es ficción para evitar que los hombres comunes nos descubran.

"Sin embargo, también tenemos mecanismos que hacen que su tecnología falle, para que no puedan ubicarnos", explicó Enzo.

Al ponerse el casco y sellar su traje, los dos camaradas chocaron puños.

Al presionar un botón, la compuerta se abrió, revelando un espectáculo impresionante. Todo parecía sacado de otro planeta: había transeúntes vestidos de formas extrañas, pero todos llevaban cascos. Algunos vendían cosas, y todo estaba iluminado con luces de colores brillantes, desde los anuncios hasta los submarinos que se desplazaban como automóviles por el horizonte, pasando por encima de la gente. La ciudad era tan enorme que las luces se podían ver hasta donde alcanzaba la vista.

—Este distrito fue construido para resistir la presión del agua cuando evolucionamos.

"Mira, allí está la ópera atlante, donde se llevan a cabo las obras de teatro más elaboradas del planeta", dijo Enzo.

Dante, maravillado con la ciudad, sintió una sensación de pertenencia al ver cómo los ciudadanos normales compartían un apego similar al nacionalismo de la superficie. La ciudad era como un arrecife, pero con Atlantes.

—Entremos.

"Buenas mareas, Delia, sírveme lo de siempre, por favor", comentó Enzo, sentándose en la barra.

—Buenas mareas, señor Enzo, una purplecolic… ¿También para tu amigo? —dijo lo que parecía ser un pulpo metálico, el cual servía todas las bebidas.

—Por favor.

"No debería decirte esto, Dante, pero algo turbio está sucediendo dentro de las fuerzas militares. Los altos mandos no quieren que te lo diga… pero sentí tu poder cuando luchamos, tienes un gran potencial y eso lo respeto. Especialmente sabiendo que eres de la realeza", informó Enzo.

—Eso explica por qué me ayudas, eres la única persona que conozco aquí abajo… o al menos la única a la que le agrado. Pero hay algo más, ¿verdad? —contestó Dante.

—Chico listo, te lo diré en su momento. Hace algunas mareas perdí a mi padre. La misión fue confidencial, lo que no saben es que logré entrar en su sistema… Fue a buscar precisamente lo mismo que acabas de ver en tu visión —susurró Enzo, tomando un trago de su vaso.

—Eso explica cómo sabes sobre mi misión.

"¿Registran todo lo que sucede, verdad?" dijo Dante, moviendo su vaso y analizando el alcohol de las profundidades.

—Así es, Dante, absolutamente todo. Pero yo tengo acceso a lo confidencial.

"Lo importante es esto: hace un mes, se perdió la comunicación con uno de los equipos de reconocimiento más efectivos del Core, desaparecieron del mapa. Ahora, los dioses se esconden en los detalles, y no son mínimos. Algunos miembros del culto Bastet hablaron con Ikarus... dicen que la energía sagrada, en París, ha cambiado, que dos de sus miembros desaparecieron y que se escuchan ruidos de maquinaria en lo profundo de las catacumbas de esa ciudad —comentó Enzo.

—Las catacumbas de París —respondió Dante, intrigado—. Encararía a Ikarus por tener esa información, pero eres la única persona que ha sido amable conmigo aquí abajo, tu secreto está a salvo conmigo —dijo Dante, con algo de desconfianza.

—No sabemos con certeza, pero lo que sí podemos intuir es que hay un traidor en el Core —continuó Enzo en un tono conspiratorio—. Debes tener mucho cuidado con quién hablas. Los altos mandos solo quieren que completes tu entrenamiento para que vayas a investigar. Eres el único capaz de descifrar y abrir las puertas con las que Thot encerró sus artefactos y secretos.

"Yo creo que la gente está asustada, Dante. Esa es la razón por la que todavía no te aceptan o te repudian. Piensan que tu tatarabuelo, Ulises, fue un verdadero aliado de Seth, ya que se llevó un cetro sagrado, el de Osiris. También piensan que el cuerpo de ese mismo Dios yace en la pirámide de Keops. Pero ambos sabemos que esta es la última batalla contra Seth. En algún momento habrían llegado a ti y estarías muerto. Solo tenemos una oportunidad —afirmó Enzo.

—Espero que me dejen ir a la superficie. Sacaría a la luz a los que lucran en la oscuridad y preocupan a los mandos. No puedo quedarme aquí esperando, o mandando tropas cuando me convierta en emperador. Debo ser yo quien salga y enfrente a Seth —declaró Dante con determinación.

—Exacto, te usarán como carnada para descubrir el paradero de Seth. Si me permites un consejo, cuídate de Ikarus, Dante. El general perdió a su hija hace años y no ha vuelto a ser el mismo desde entonces. Sé que trama algo en la oscuridad. Pero la batalla no está perdida, Ángela comanda el cuerpo de élite del Deep-End, y ellos te cuidarán con sus vidas. El único problema es que no sabes cómo usar la magia. Los seguidores de Bastet son los únicos maestros que pueden enseñarte a conjurarla. Por suerte, tú no perteneces sólo a un culto, Dante. Tienes la capacidad de controlar todos los poderes de cada uno.

"La cuestión que a todos nos preocupa es que ellos, desde hace milenios, viajan en caravanas arriba en la superficie. Allá arriba los llaman gitanos", explicó Enzo en voz baja, revelando información crucial a Dante.

—Eso explica por qué no enseñan hechizos aquí. He oído hablar de cada culto y sus habilidades. Los sacerdotes de Isis dominan el chacra, los de Horus siguen un código similar al bushido de Japón, pero más espiritual, y los de Thot poseen la magia del ingenio y pueden discernir la realidad de una forma peculiar. No sabía sobre el paradero del culto Bastet... Si viajan a todas partes, ¿cómo los encontraré, o cómo encontraré a un maestro adecuado? —comentó Dante.

—El Circus Lartigue, Dante. Es un lugar lleno de misterios y criaturas asombrosas. Se encuentra en Francia y es poco conocido. Además, si vas a las catacumbas, son los únicos que pueden guiarte allí dentro, ya que hay cosas que todavía no comprendemos. Toma, este es un cartel que me quedé después de mi visita —informó Enzo entregándoselo .

Dante tomó su bebida y pasó una noche con Enzo, quien le enseñaría toda la ciudad y la forma de vida de los atlantes.

Las semanas siguientes, Dante continuó con su entrenamiento y se fue adaptando al estilo de vida de los atlantes. Llegó el día de la prueba en el simulador de batalla. Dante se sentía tranquilo y confiado en sus habilidades. Al llegar a los probadores, preguntó por su equipo:

—Los Hipopótamos del Tueris están al final del pasillo, mordiéndose las uñas —respondió el guardia.

Las Cobras comentaron:

—Capitán Aquiles, quedan treinta minutos.

—Lo sé, no necesito un reloj para saber qué hora es y en qué etapa estamos —dijo Aquiles mientras fumaba un cigarrillo y sacaba humo por la nariz.

Dante se dirigió hacia el fondo del pasillo. Cuando llegó, vio al líder del otro equipo, a quien llamaban Héctor.

—Héctor, ¿por qué decidiste meternos en la competencia este año? Sabes perfectamente que todavía no cargamos el arma de entrenamiento con la rapidez de las Cobras —comentó un miembro del equipo.

Algunos estaban comiéndose las uñas, otros lloraban temiendo decepcionar a sus ancestros. Otros rezaban a una pintura de deidades con un tridente, en la puerta de su casillero, otros tomaban un termo con una sustancia extraña. Algunos incluso fumaban algo que parecía de otro mundo.

—¡Alabados sean los dioses! Soy tu nuevo recluta. Me llamo Dante Nikolaidis —exclamó Dante, interrumpiendo a su superior.

Héctor se presentó de inmediato y dijo:

—Ese nombre me suena. El general me anticipó tu llegada. Como podrás ver, no somos los favoritos para ganar el campeonato mundial. Nuestro objetivo es llegar a la cima de la torre verde y capturar la bandera enemiga. Hoy la nuestra estará en la torre café, pueden cambiar los colores, pero esa es la nuestra.

"¿Sabes cómo utilizar las armas de entrenamiento?", preguntó Héctor.

A la derecha se encontraban unos muñecos para probar las armas, a lo que Dante desenvainó su pistola y disparó sin siquiera apuntar, acertando en todos con un tiro a la cabeza.

Impresionante, pensó Héctor.

—Los altos mandos lo están probando, ya que en este equipo todos son novatos excepto yo. ¿Tendremos oportunidad de ganar? Somos él y yo contra las Cobras... Lo dudo mucho, pero ahora me siento con un poco de suerte—. Héctor continuó explicando—: Esta es la pistola. Solo tiene nueve balas en el cartucho. En la cámara hay un botón en forma de ojo. Cuando está en color rojo, es letal. Las balas reales son de plata, así que no lo cambies. Cuando está en azul, contiene balas de entrenamiento, que son de...

—Una planta que crece en lo más profundo del mar —Dante lo interrumpió.

—Sí, marea morada —respondió Héctor, un poco molesto.

—Al oprimir el botón, saldrá un lente para poder ubicar corrientes energéticas diferentes a las normales. Y con este símbolo de águila se activa la visión nocturna. Para cargar, solo oprimes y bajas el martillo —explicó Héctor mientras Dante se colocaba la armadura, ya que Dante jamás había estado en esta simulación de combate—. ¡Ah, la armadura Escama 03! Absorbe solo el tranquilizante y no la toxina del veneno. Las piezas metálicas están diseñadas para evitar que te rompas algún hueso. Los trajes tienen modificaciones según las reglas de cada equipo, pero, en realidad, todas hacen lo mismo —dijo Héctor, completando las instrucciones—. No olvides jamás quitarte el casco, Dante —advirtió Héctor con tono serio—. El casco cuenta con una interfaz que calcula los espacios por medio de vectores e imágenes en 3D, te muestra lo que estás viendo con una breve explicación—. Luego, Héctor continuó explicando acerca de otra arma—: Este rifle es para largas distancias —dijo Héctor—. La retícula ya está integrada y puedes ampliar el cañón para distancias ridículamente extensas con este botón en forma de brazo. Si decides no utilizarlo más, solo vuelve a oprimirlo. Ah, casi lo olvido: si deslizas la parte inferior de la cámara, puedes activar una luz roja para mayor precisión. El cartucho puede albergar cincuenta balas en total, y los trajes pueden llevar dos cartuchos más dentro de tu peto metálico —Héctor señaló un cartucho y le indicó a Dante que fuera a la sala de pruebas, al fondo de la barraca, para asegurarse de que todo estuviera funcionando correctamente—. Sólo podrás llevar la pistola por ser recluta —dijo Héctor—. Tú, que has convivido con los humanos, gracias a tu entrenamiento podrás ver que nuestra tecnología es vieja, pero de punta. Una combinación entre antigua y la de la superficie. Es ancestral, pero así llamamos menos la atención. Además, las altas esferas de poder en la superficie han sido manipuladas por el culto Seth desde principios de la Primera Guerra Mundial. No hacemos tratos con ellos, ya que nos podrían descubrir. ¿Es tu primera vez aquí? —explicó Héctor con preocupación en su rostro.

Dante asintió, asimilando toda la información que Héctor le había proporcionado. La tecnología de la civilización subterránea era diferente a lo que había experimentado en la superficie, pero entendía la necesidad de mantenerse oculto. Agradeció a Héctor por la explicación detallada y prometió seguir las reglas al pie de la letra, incluyendo no quitarse el casco.

Con la pistola en su cinturón, Dante se dirigió a la sala de pruebas. Estaba emocionado y nervioso al mismo tiempo, pero estaba decidido a hacer su mejor esfuerzo para ayudar a su nuevo equipo, a alcanzar la victoria en el campeonato mundial. Dante ya sabía todo esto, pero no quería verse creído con su nuevo jefe de escuadrón.

Caminaba hacia un pasillo que, al fondo, tenía varios muñecos de prueba que se movían por medio de unos cables, emulando el comportamiento del enemigo.

Dante, con su casco aún puesto, probó todas las modalidades de entrenamiento, rompiendo récord en cada una de ellas. Gracias a su entrenamiento con la Hatshepsut, podía controlar sus ojos, que brillaban de un intenso azul. Sentía que era su momento de probar su valía y, con humildad, seguía las órdenes de Héctor. Sin embargo, también se le había ocurrido un plan gracias a la inteligencia sobrenatural que le brindaba su sangre real.

Dante, aún en ese modo sobrenatural que solo la familia real podía alcanzar, se dirigió a Héctor para contarle su plan. El líder del equipo quedó impresionado al escucharlo.

—Esto es impresionante, Dante. ¿Cómo se te ha ocurrido? ¿Qué pasa con tus ojos? —dijo Héctor, asombrado por la astucia del recluta.

—Al calcular la distancia entre las torres, podremos llevar a cabo una movida maestra. Utilizaremos su soberbia y confianza en su contra —explicó Dante, con determinación.

—Te daremos la oportunidad, no tenemos nada que perder. Confiamos en ti —exclamó Héctor, llamando al equipo para explicarles el plan al que había dado permiso.

La noche había caído, solo un reloj colosal, del campo de entrenamiento, indicaba la hora. El silencio en las barracas era sepulcral cuando Dante se preparó para salir por la compuerta que llevaba a la prueba. En ese momento, la voz de Ikarus resonó en el lugar.

—Tenemos a un integrante nuevo. No tengan piedad, Cobras. Nos vemos en la final. Y recuerden, esto solo es la simulación de lo que es real, de lo que está allá afuera acechándolos. No pierdan la calma y serán promovidos a sargentos. El entrenamiento comenzará cuando el reloj marque las 3 a.m. Quedan sesenta segundos —dijo Ikarus.

El reloj en el centro del campo resonaba fuertemente, el sonido de las manecillas y los mecanismos inundaban el espacio. Cuando sonaron las campanadas del reloj, los dos equipos salieron y se adentraron en la maleza extensa y frondosa, sintiendo el frío congelante del lugar.

Dante se movía rápido, observaba a su alrededor, y se aprendía el terreno como la palma de su mano.

—Recuerden el plan —dijo en voz baja

En ese momento, la voz de Héctor resonó en su comunicador.

—Confiamos en ti, Dante pero... ¿estás seguro? —preguntó Héctor.

—Muy seguro. Voy hacia la torre. Julius, sígueme —ordenó Dante con determinación.

—¡Entendido! ¡Detecto dos a la izquierda! —exclamó Julius, antes de caer al suelo, impactado por una bala de entrenamiento en la espalda.

Dante, que estaba frente a él, recordó cómo Seth había atacado a Ángela en su hogar familiar, con la agilidad de una pantera, y recordó todas las posturas de los soldados con los que se había enfrentado en los entrenamientos. *Sé que tiene que ver con animales, ¿cómo se comportan las cobras?*, reflexionó Dante. *Las cobras se esconden y atacan en el momento adecuado.*

Ordenó a todos separarse y llegar de forma individual a sus posiciones.

—Quiero que dos suban desde afuera, que dos entren y suban desde el elevador. ¡Apaguen sus comunicadores, solo hablen cuando sea necesario, seguro nos están escuchando! —comandó con determinación.

Ikarus, al escuchar la orden, se comunicó con los científicos que controlaban el entrenamiento desde la pirámide central.

—¡Pongan árboles enormes! —les instó.

De repente, el panorama cambió y los árboles se multiplicaron por todas partes, ocultando la vista de la torre a la que Dante debía llegar. En ese momento, Dante subió a un árbol para obtener una visión más clara de la situación. Sin embargo, en un acto arriesgado, cerró los ojos y escuchó. Se quitó el casco, desafiando el peligro, y pudo sentir cada rincón del campo de entrenamiento. En ese momento, se escuchó la voz de Héctor en su comunicador:

—¡Ponte tu casco! Si te dan en la cabeza sin él, quedarás en coma.

Dante obedeció, pero no sin antes haber sentido la posición de la torre, a sus enemigos, y ordenar de nuevo que apagaran su comunicador para utilizarlo solo para emergencias, con una confianza renovada en sus instintos y habilidades.

Dante se movió con agilidad, aprovechando su casco con visión de calor para escanear su entorno. Detectó a un miembro de las Cobras, mismo que le disparó, hiriéndolo en la pierna derecha y dejándola insensible. Dante buscó refugio detrás de una piedra, observando que la torre era sorprendentemente alta.

Midió cuidadosamente la altura y la potencia de su pistola, apuntando al aire y disparando.

¿Qué está haciendo? pensó el soldado de las Cobras mientras apuntaba su rifle desde un árbol, solo para caer repentinamente. La bala de Dante lo había alcanzado en la espalda, justo en la columna vertebral, dejándolo inconsciente en los brazos de Dante.

Dante dejó al soldado en el suelo y usó las balas del enemigo para pintar un mensaje en una pared, lo suficientemente grande como para que Aquiles lo pudiera ve: <El siguiente eres tú, sargento mayor>.

Luego, Dante subió al penúltimo piso de la torre, sabiendo que solo quedaban cinco enemigos. Al ver eso, Maquiavelo ordenó aumentar la luz de los reflectores, lo que sorprendió a un científico. El general ya había gastado dos de sus tres comodines estratégicos, pero confiaba en que esto le sería útil.

Dante intentó encender su linterna, pero descubrió que no funcionaba. En su lugar, tomó su pistola, que tenía una luz tenue pero era suficiente para alumbrar su camino.

—Este recluta es bueno —comentó un científico, pero se detuvo al notar la mirada de Ikarus y volvió rápidamente a su trabajo.

Ya veremos, pensó el general mientras fumaba su pipa con autoridad, observando la situación con atención.

Al adentrarse en la torre, Dante intuyó que había un enemigo oculto detrás de las columnas, pero decidió ignorarlo, sabiendo que las Cobras eran astutas y solían poner trampas, esperando el momento exacto para atacar. Cojeando por la "herida" en su pierna, Dante tomó el elevador que lo llevaría al piso donde se escondía otro miembro de las Cobras, y ahí encontró refugio.

Mientras tanto, del otro lado de la prueba, Héctor esperaba en una cueva, observando a Aquiles junto a su bandera, orgulloso de su equipo y de que nunca lo habían logrado expulsar de ese lugar en los últimos tres años. Héctor ordenó:

—Soldados, dos afuera y dos adentro. Recuerden el plan. Distraerme por un instante significa una bala en la cabeza.

Acto seguido, Héctor salió de la cueva y disparó un cable que se aferró a la bandera que Aquiles protegía, arrancándola de su posición, momento en el que Aquiles apagó su cigarro y dijo:

—Interesante —dijo, asomándose y disparando a la cabeza de uno de los Hipopótamos enemigos.

El soldado cayó al instante, dejando solo a cuatro miembros del equipo contrario.

Aquiles caminó con confianza y se movió con agilidad en la cima de la torre, dirigiendo a sus tropas para buscar y neutralizar a los enemigos restantes.

—Fase dos, muchachos —dijo Aquiles con una sonrisa.

—Ya, era hora —exclamó una Cobra.

—Aquí es donde la diversión comienza —comentó otra Cobra.

Dante se encontraba en la oscuridad, adoptando la postura de una araña mientras preparaba trampas en el suelo y las columnas que sostenían el techo, cerca del elevador que daba a la bandera. El último piso. La Cobra lo buscaba con una luz cegadora proveniente de su fusil de asalto, pero de repente se enredó con cuerdas que Dante había colocado usando su muñequera.

La Cobra, enfurecida, dio un giro ágil, tratando de esquivar las trampas de Dante. Desde las sombras, Dante se lanzó hacia la Cobra, intercambiando disparos y ataques de artes marciales. Fue una pelea intensa, pero al final Dante logró sujetar el cañón del rifle de su enemigo, mirándolo a los ojos con determinación.

Torció el cañón, y esto hizo que el arma explotara, ya que la Cobra había disparado al mismo tiempo. La Cobra buscó a su enemigo, pensando, *¿dónde está?*, pero en ese momento la Cobra cayó, recibió una bala en la cabeza.

En ese instante, Maquiavelo, visiblemente irritado, ordenó que encendieran las luces de la torre, revelando la ubicación del recluta en la telaraña.

Aquiles, decidido, activó su mochila-cohete, un privilegio reservado solo para los sargentos y que, en caso de perder esta batalla, podía otorgarla a su rival, junto con su rango.

Volando, Aquiles disparó contra otro Hipopótamo, hiriéndolo en la espalda y derribándolo instantáneamente. Uno de los Hipopótamos gritó :

—¡Rápido, Héctor, llega a nuestra torre! El plan está funcionando, los mantendremos ocupados.

—Que los dioses te oigan, Agamenón. Si logramos ganar esto, resonará en todo el Deep-End Core —comentó Héctor, corriendo lo más rápido que podía hacia la torre.

Dante divisó a uno de sus hombres corriendo cerca de un lago y le dijo:

—Hay un lago junto a ti, atácalos desde allí, como lo haría un hipopótamo.

Su compañero obedeció de inmediato y se ocultó en el agua, usando su visor de calor para escudriñar en la distancia. Finalmente, avistó a la Cobra saltando de una roca a otra, como en un baile. Apuntó y accionó el gatillo, pero erró el disparo.

La Cobra se dio cuenta al instante y descargó su rifle de batalla contra su adversario, pero las balas fueron absorbidas por el agua, perdiendo fuerza. Sin embargo, una bala alcanzó la pierna del hombre, causándole un intenso dolor, ya que impactó en una vieja cicatriz de batalla. El Hipopótamo emergió del agua, imitando a uno real. Con una llave derribó a la Cobra, le disparó y la dejó inconsciente.

Aquiles, al ver que otro de sus soldados había caído y que el combate estaba equilibrado, voló sobre el lago y disparó a la cabeza del Hipopótamo, neutralizándolo.

Aquiles, enfurecido, perseguía a Héctor gritando su nombre mientras volaba. Sin embargo, su ira lo hizo disparar con poca precisión . Ahora, tocaba entrar en la torre del enemigo. Aquiles llamó a todo su equipo y se reunieron en la entrada de la Torre.

—Fase tres, muchachos —dijo Aquiles con determinación. *Nunca me había presionado tanto, pero esta fase los detendrá*, pensó mientras sus soldados lo observaban con miradas de preocupación.

—¿Estás seguro, Sargento? —preguntó una Cobra.

Aquiles lo golpeó de inmediato por hacer una pregunta tan estúpida.

—¿Eres imbécil o no escuchaste mi orden? Este equipo, tan carente de habilidades, nunca podrá vencernos... Ahora... serán arrastrados por nuestro veneno hacia su derrota... Yo lo llamo, degradación —exclamó Aquiles mientras cargaba su arma y arrojaba su cigarrillo al suelo.

Las Cobras restantes, con sus mochilas-cohete (ya que todos eran sargentos, siendo Aquiles el único sargento mayor del equipo), comenzaron a rodear la torre. El equipo de Aquiles examinó las trampas que Dante había colocado.

—Inteligente, pero no lo suficiente —murmuró una Cobra, al ver una trampa con un rifle de asalto como señuelo.

Al disparar a la cuerda, el rifle se activó sin estar sujeto, simplemente colgaba, lo que provocó que disparara sin control, alcanzando en el pecho a uno de los hombres de Aquiles.

Aquiles despegó de inmediato, seguido de cerca por las Cobras, hasta llegar a la cima, donde Héctor estaba sentado con la bandera Cobra en la mano. En la otra torre, Dante sostenía la bandera Hipopótamo en la cima.

—Has perdido —dijo Héctor con orgullo, soltando una carcajada.

—Jamás perderemos —dijo una cobra.

—Tú ya eres experto en ese tema —comentó la otra Cobra que estaba junto a Aquiles.

Sin embargo, en ese momento una luz roja se concentró en el pecho de Aquiles, lo que lo preocupó. Sus últimos camaradas yacían inconscientes a su lado. Aquiles sonrió y desenfundó su pistola, acabando con los últimos Hipopótamos que yacían detrás de él, escondidos, frustrando el plan de Héctor.

—Solías ser mi mejor amigo… —dijo Aquiles.

—Cuando me gane mi mochila, entenderás que dejé de serlo por tu ambición y soberbia. Pero tu soberbia ya no cabe en este lugar —respondió Héctor.

El ambiente se tensó como en un duelo del viejo oeste; todo quedó en calma. Ikarus sabía que todavía no habían ganado hasta que cayera Aquiles, agregando más suspenso a los acontecimientos. Héctor desenfundó su arma, pero Aquiles fue más rápido y lo derrotó.

Te lo dejo todo a ti, nuevo amigo, pensó Héctor mientras caía, consciente de lo que ocurría, pero incapaz de reaccionar.

—¡¡Dante!! —gritó Aquiles—. ¡¡Dante!!

El muchacho ya no estaba en la otra torre, Aquiles buscó por todos lados, pero no lo encontraba, hasta que entró en una cueva y, desde la oscuridad, escuchó la voz de Dante.

—Yo sí he visto al mal encarnado, sombras comunes no pueden hacerme nada después de eso —susurró Dante.

—Cállate —rugió Aquiles.

—Creo que gané —susurró Dante, justo detrás de él. Aquiles apenas tuvo tiempo de girarse antes de soltar un grito.

Dante salió cargando a Aquiles en su espalda. Desde la torre de control, un brazo mecánico descendió y, con él, el general. Ikarus le entregó su jet-pack sin decir una palabra, con una mezcla de curiosidad y seriedad en la mirada.

Dante quería disfrutar la victoria con él, pero no tendría tiempo de hacerlo ya que ahora le tocaba encerrarse en el cuarto 11:11. Lo más difícil, la prueba de la información estaba a un día de comenzar.

CAPÍTULO 10

En compañía de un sacerdote de Isis, Dante avanzaba por los pasillos con cierta calma, pero también con una creciente inquietud. El corredor en el que se encontraban era un lugar seguro, pero a la vez extraño y misterioso. Dante se preguntaba qué le depararía la prueba que tendría a la marea siguiente, pero no obtenía respuesta alguna del sacerdote.

—No entiendo por qué todo esto debe ser tan secreto—se quejó Dante—. ¿Podrías al menos darme alguna pista sobre lo que me espera?

El sacerdote no respondió con palabras, sino que simplemente tocó su collar de caracoles y comenzó a murmurar en voz baja.

Dante no lograba comprender lo que decía, pero su tono le transmitía una extraña sensación de inquietud y temor.

—¿Qué hay en las profundidades del cuarto? —insistió Dante, pero el sacerdote solo lo miró fijamente, con los ojos hundidos y sin emitir palabra alguna.

Lentamente, se acercó a Dante y levantó su brazo, tocando su frente con un dedo.

—Aprenderás algo que te enseñará a cuidar tus palabras y a tener cuidado con lo que deseas saber, pero que no puedes comprender

—dijo enigmáticamente—. Cuando sueñes, pide ayuda a los dioses. Así sea, Majestad.

Y sin decir más, el sacerdote se alejó, desapareciendo en las sombras de los pasillos.

Dante, con la mente inquieta, se encontraba en su habitación. La reverencia del sacerdote lo había perturbado, haciéndolo cuestionar la importancia de la prueba que se avecinaba.

¿Qué es tan importante como para que ya empiecen a demostrar respeto llamándome "Su Majestad"?, pensó con ansiedad. El joven príncipe había entrenado arduamente, esperando con impaciencia el momento en que pudiera regresar a la superficie y cumplir con su misión, pero la preocupación lo embargaba y las horas pasaban lentamente en la oscuridad de su cuarto.

El murmullo de las ballenas y la vida marina fuera de su ventana no hacía más que aumentar su inquietud. *¿Sabían acaso los habitantes del mar que la prueba del príncipe estaba por llegar?*

Dante se levantó de la cama y se despojó de casi toda su ropa, sintiendo la tensión en cada fibra de su ser.

La madrugada transcurrió como un suspiro, pero él no encontraba consuelo. No podía dejar de pensar en su vida anterior, en la superficie, en su familia, amigos y en la vida que había adoptado en las profundidades del océano. La incertidumbre y la nostalgia lo abrumaban mientras esperaba el momento de enfrentar su destino. Los animales marinos lo observaban desde la ventana, como si, de alguna manera, supieran lo que estaba por suceder. Dante se sentía atrapado en un mundo desconocido, lleno de misterios y peligros. La espera se hizo interminable, y Dante no se movió de la cama durante todo el día. Su mente estaba llena de preguntas sin respuesta y su corazón latía con fuerza mientras se preparaba para la prueba que lo desafiaría más allá de lo que jamás había imaginado.

En otra parte de los cuarteles se encontraban Aquiles y Héctor, líderes de sus respectivos equipos, en el comedor principal para reclutas del Deep-End Core.

Me intrigan los sucesos de la prueba, ¿será que la sangre real es todo lo que cuentan las leyendas? Ganó... así que deberíamos llamarlo "sargento". Esperemos que sea cierto lo que me dijo en la caverna del entrenamiento, y ya nada lo perturbe. Lo que viene es diferente a todo lo demás, solo los de sangre real, y los que han hecho el entrenamiento para adquirir el rango de Horus, pueden entrar a ese recinto, pensó Aquiles mientras disfrutaba de su desayuno.

Mis Hipopótamos fueron salvados por Dante, no lo veo. ¿Se habrá quedado en la cama? Creo que le llevaré algo, pensó Héctor para sí mismo.

—Hipopótamos de Teris, le debemos nuestro pase a la siguiente ronda a Dante Nikolaidis. Coman la mitad, que lo demás se lo llevaré a sus aposentos —dijo Héctor en voz alta durante la sobremesa, mientras compartían las hazañas de Dante.

—¡Solo pude ver a Dante disparar al aire y aun así darle a una Cobra!

¡Una menos! Y, aun así, se tomó el tiempo de salvarlo, y de no tener huesos rotos. ¡Es asombroso! —exclamó uno de los Hipopótamos con admiración y una sonrisa.

—Es cierto, además utilizó el armamento al máximo, sacándole todo el jugo. No pasaron ni diez minutos y ya había derrotado al mejor equipo del Deep-End. Alabado sea Horus, que nos dio esta oportunidad —dijo otro Hipopótamo con seriedad.

En ese momento, Héctor se levantó de la mesa y se dirigió hacia la salida del comedor, mientras Aquiles, a lo lejos, lo observaba con un cigarrillo en la mano.

Le llevará comida, pensó Aquiles, ordenando a sus Cobras que guardaran algo de alcohol para el nuevo sargento .

Héctor llegó a la puerta de la habitación de Dante, y vio el número de cubierta: 72.

—No eres el único que aprendió algo de este molusco —dijo Aquiles detrás de Héctor, sosteniendo una botella de vino.

—Aquiles, ¿qué haces aquí? —preguntó Héctor sorprendido.

—Vine a compartir una porción del vino que ganamos el año pasado en la final contra las Estrellas de Nut. Vinieron desde el Nilo... ¿recuerdas? —dijo Aquiles con una sonrisa en su rostro.

—¿Acaso estás sonriendo? —rio Héctor.

—¿Yo? ¿Sonriendo? ¿Acaso te has vuelto loco? Me gustan los retos y el próximo año acabaré con él —comentó Aquiles con seriedad.

Dante abrió la puerta y al ver a los dos forcejeando, exclamó:

—¿Conocen los tacos? —luciendo visiblemente cansado por la falta de sueño.

Los dos soldados se quedaron mirando a Dante, cuyos ojos estaban abiertos como un loco. Héctor comenzó a reír descontroladamente, mientras Aquiles mantenía los brazos cruzados y evitaba el contacto visual.

—Estos humanos son muy raros —comentó Aquiles.

—¿Qué son los tacos? —dijo Héctor, aguantando la risa.

—¿No los conocen? ¡Jamás debí ayudarlos en la prueba! —exclamó Dante mientras Ikarus Maquiavelo los observaba desde lejos como siempre, pero esta vez sin interrumpir la conversación.

Por primera vez, caminó hacia ellos con calma, y los tres sargentos sintieron el resonar de sus pesadas pisadas y escucharon el tintineo de su armadura. Se pusieron en formación de inmediato.

—Tacos, ¿eh? Conozco unos. En una misión en el golfo de México, 2001, el culto de Seth intentaba robar petróleo, y los altos mandos trataban de evitar que los hombres menores destruyeran lo último de unas ruinas prehispánicas. Fue entonces cuando un sacerdote de Seth acabó con mi compañera Cecilia... ella siempre compraba tacos antes de una batalla. Les recomiendo, soldados, cortar todo lazo con los demás para no llorar sus pérdidas en la batalla —comentó el general.

Los soldados quedaron pensativos.

—¿El general Maquiavelo tiene sentimientos? —murmuraron Héctor y Aquiles mientras se dirigían en susurros hacia el comedor.

—Sígueme. No me importa lo que piensen de mí. Ayer demostraste una de las tres pruebas con las que te ganarás mi confianza. Si no envié a Petrolini es porque quería darte un consejo, pero no puedo decírtelo aquí —dijo el general mientras caminaba sin mirar al muchacho, tal como lo había hecho antes.

Ambos avanzaron por el pasillo hasta llegar a un elevador que decía: <Clausurado>.

—¿A dónde vamos? —preguntó el muchacho.

—Solo cállate y sígueme —susurró Ikarus.

Entraron en el elevador con grabados peculiares de animales marinos en metal. Ikarus recitó unas palabras en un antiguo idioma, y el elevador tembló y comenzó a descender. Las telarañas se agitaban con el aire.

El general dijo:

—Observa, Dante.

A medida que descendían, pudieron ver una ciudad sumergida en las profundidades del océano, esta era más antigua que casi toda la Nueva Atlántida.

Dante quedó atónito en su lugar.

—Esta es una ciudad que existió antes de lo que debes descubrir. Esta parte del recorrido es el único lugar donde los altos mandos de nuestro culto no nos están escuchando. Aquí está el aparato humano que tanto buscabas, supongo que es importante.

"Busca el genio dentro de la antigua biblioteca, cuanto más retrocedas en la historia, más podrás ver lo oculto. Es lo único que puedo decirte", dijo Ikarus, mirando a los ojos al muchacho y entregándole un teléfono con la pantalla rota.

—¡Genial, mi teléfono! ¿Cómo lo obtuvo? —preguntó Dante.

A lo que el general contestó:

—Lo siento, hijo, es secreto —sacando a Dante del elevador y dejándolo solo.

Dante se encontró en una biblioteca colosal, llena de libros, estatuas, escritorios y pinturas, todo iluminado y sostenido por la tenue luz de un antiguo faro en forma de estatua. El sonido de una risa de delfín resonaba en el fondo, mientras el lugar oscilaba entre la oscuridad y algunas zonas iluminadas por el reflejo hermético del sol al chocar con las olas.

Susurros en la oscuridad inundaban de vez en cuando la biblioteca, creando una atmósfera misteriosa y enigmática. Dante exploró aquel lugar desconocido. Lo único que tenía eran los escasos víveres que le habían regalado sus compañeros.

Caminó sin rumbo fijo, adentrándose cada vez más en la oscuridad de la biblioteca sumergida. Decidió encender la luz de su teléfono para iluminar su camino.

Lo que encontró en los estantes de la biblioteca lo dejó perplejo. Había criaturas marinas de todo tipo y forma, algunas de las cuales nunca había visto.

Tomó un frasco que contenía un pez con una luz en la cabeza y al agitarlo, el pez abrió los ojos y la boca, iluminando mucho más que la luz de su teléfono. Decidió apagar su aparato y concentrarse en escuchar los susurros que parecían provenir de los estantes.

En la oscuridad al cerrar los ojos, Dante vio un espectro blanco que le hacía señas con el dedo índice para que lo siguiera. Los animales marinos acompañaban su camino, emitiendo sonidos similares al misterioso *bloop* que había escuchado en un documental años atrás.

La sombra se movía entre humo fantasmal, Dante la siguió cauteloso pero lleno de expectación. Finalmente, llegaron a un tesoro, con oro y estatuas que parecían sacadas de un sueño que Dante había tenido después de su accidente en moto.

Al cerrar los ojos nuevamente, la sombra le hizo un gesto con el dedo índice sobre sus labios, indicándole que guardara silencio. Luego, la sombra se elevó y se acercó a una estatua colosal, era idéntica al cuadro que Dante había pintado en su departamento en Manhattan, su ser astral.

Dante subió unas escaleras hasta llegar a las manos de la estatua con ojeras y los ojos irritados, dijo:

—Te pido que me guíes en esta ancestral prueba, antepasado.

La biblioteca retumbó con un estruendo ensordecedor, sacudiendo los estantes de un modo que transformaba el lugar en un laberinto en constante movimiento. Dante se giró, maravillado por el espectáculo que se desplegaba ante sus ojos. Observó cómo un reloj sobre la estatua indicaba las tres en punto.

—Cada tres horas cambia la posición de la biblioteca —musitó Dante, impresionado por el descubrimiento.

En un estante cercano encontró una pistola de entrenamiento, junto a una sustancia. A su lado, un vinyl, *Cheap Code & the Crystal Mage*, un estudio adornado con escaleras de caracol, y barandillas de plata con criaturas mitológicas esculpidas.

Dante tomó la pistola y el disco, y decidió subir a la torre para buscar símbolos en las paredes o algún mecanismo oculto entre los innumerables vestigios. Los cristales parecían crujir con cada pensamiento que pasaba por la mente del joven, como si la energía de los antiguos atlantes y sus conocimientos estuvieran hablando con él, guiándolo hacia una verdad oculta.

Desde lo alto, el joven contempló una escena enigmática. En el centro del ala este se encontraba un ajedrez gigante, cuyas piezas representaban seres alargados con cabezas desproporcionadamente grandes. Parecían intocadas desde hace milenios.

Mientras tanto, en el ala oeste había un árbol azul con hojas en espiral y, en su centro, emanaba un humo azul que ocultaba lo que había allí, al menos a treinta metros a la redonda. El reloj dio las tres y seis. Las elegantes esculturas de oro, plata y lapislázuli que adornaban la biblioteca comenzaron a emitir una misteriosa luz desde sus ojos, como si fueran lámparas que se movían al ritmo de los minutos, iluminando antiguos títulos de libros polvorientos. Algunos de ellos tenían arañas más parecidas a cangrejos; otros estaban decorados con oro o con gemas escarlatas.

Dante, despreocupado, decidió que sería fácil avanzar por encima de los libreros. Saltó desde el barandal hasta el antiguo estante de madera, pero este se rompió bajo su peso. El sonido de la ruptura resonó en la habitación, misma que susurró en las sombras en el mismo idioma que Dante había escuchado antes.

Las estatuas levantaron un brazo, señalando hacia el centro de la habitación. Fue entonces cuando el joven se dio cuenta de que de las estatuas emergían espectros azules, vestidos con atuendos antiguos que parecían de guardias de hace miles de años. La biblioteca era hermosa y a la vez desconcertante, con una elegancia que susurraba que no se debía tocar nada que no fuera indicado por las estatuas.

Fue entonces cuando Dante recordó al mayordomo Petrolini y la Prueba del Ancla.

—¡Eso es! —exclamó Dante. Subió de nuevo al mirador y vio que los espectros lo estaban buscando. *Las estatuas, tengo que tomar y leer lo que me señalan*, pensó Dante con concentración y determinación. Al voltear, vio una espada colgada en la pared con un escudo de plata—. Esto servirá —susurró el joven atlante mientras tomaba las armas, colgando su lámpara en su mochila.

Cada paso de Dante era cuidadoso, cada músculo de su cuerpo, incluso sus órganos vitales, se conectaban en silencio para evitar hacer ruido y ser descubierto por los espectros. Su estrategia se basaba en el uso de la espada, el escudo y en volverse uno con la oscuridad. Así avanzaba Dante hacia su primer destino: una estatua iluminaba un libro de color morado.

Colocó su mochila en una mesa que se encontraba a noventa grados del librero situado junto al ventanal, cuyo metal forjado soportaba la presión del agua de las profundidades. Dante colocó su escudo en su espalda y sacó el libro. Se dio cuenta de que contenía un conocimiento más allá de lo normal. Había figuras geométricas con círculos en las intersecciones, pentagramas con criaturas marinas en su interior, seres con túnicas semitransparentes y cabezas alargadas, que le entregaban una especie de visión. Era una pirámide azul, una estructura imponente que parecía contener un secreto ancestral.

Sin darse cuenta, ya había terminado de leer el libro completo y las imágenes se recreaban en su mente como una película. Reflexionaba sobre el contenido del libro mientras se daba cuenta de que tenía todos los dedos cortados por las hojas, mismas que contenían el cúmulo de conocimiento prohibido. Los recuerdos de la noche en su apartamento, y la vez que casi murió de un colapso mental venían, a su cabeza cada vez que leía algo.

El corazón de Dante latía aceleradamente mientras se adentraba más en el laberinto de la biblioteca, cautivado por el conocimiento que debía descubrir. Sin embargo, pronto se dio cuenta de que debía tener más precaución con lo que leía en ese oscuro lugar. Los números y las letras tomaban formas y significados insospechados, revelándole verdades incómodas y perturbadoras capaces de volverlo loco. Dante podía ver patrones en los números, pero sabía que solo leer las portadas de los libros era peligroso. Cada vez que interpretaba lo que veía, sentía cómo el dios del laberinto, la estatua de uno de sus antepasados, lo regañaba a través de las letras, cuestionando sus pensamientos y acciones. Aun así, Dante continuó avanzando, guiado por una curiosidad insaciable y una sed de conocimiento incontrolable.

En su camino, escuchó cómo una pieza de piedra se movía en algún lugar cercano. Con sus ojos cerrados, pudo sentir el peso, el material de las piezas, y supo que algo estaba sucediendo en el tablero similar a un ajedrez. Una visión se formó en su mente, mostrándole a un rey siendo encarcelado por seres de capa roja y rostro oculto detrás de máscaras. Era una visión inquietante, pero Dante, de alguna manera, sabía que ya lo había visto en uno de los libros que acababa de leer. De repente, un temblor sacudió la biblioteca y los espectros, nacidos de las estatuas, se hicieron presentes.

Una espada se arrastraba por el suelo, emitiendo un escalofriante sonido metálico.

Dante se aferró a lo que pudo para no caer, mientras observaba a los espectros acercarse, con sus formas etéreas y amenazadoras. Sabía que debía encontrar una manera de enfrentarlos y protegerse a sí mismo. Con determinación, Dante se preparó para la batalla, empuñando la espada que encontró en la pared y colocando su escudo en su espalda, utilizando su agudeza mental y su recién adquirido conocimiento para enfrentar a los espectros. Cada movimiento y cada estrategia eran cruciales para enfrentar a esos seres sobrenaturales.

Siguiendo las indicaciones de las estatuas, Dante localizó la última estatua con ojos iluminados. Mientras se acercaba el sonido de la espada arrastrándose por el suelo, se intensificaba. La escena se volvía cada vez más caótica, con los espectros acechándolo y la espada resonando en sus oídos. Sin embargo, Dante se mantuvo concentrado. Sabía que cada libro que leía, cada visión que tenía, lo llevaba más cerca de la verdad oculta en las profundidades del mundo.

A medida que avanzaba, su mente se llenaba de imágenes y revelaciones perturbadoras. Los seres de capa roja y rostro oculto, la encarcelación del rey, eran piezas de un rompecabezas más grande que Dante estaba empezando a descifrar, uno conectado con las piezas de ajedrez. Sin embargo, el peligro era inminente y los espectros, a medida que avanzaban, rodearon a Dante, sus espadas apuntando al frente y tomándolas con sus manos espectrales, marchando hacia él con paso lento e inexorable.

Dante no se dejó intimidar. Con valentía, tomó su espada y escudo, adoptando una posición de combate similar a la de un halcón, misma que ya dominaba.

Los tres espectros atacaron al mismo tiempo, pero Dante respondió con una agilidad asombrosa. Saltando y cayendo en las puntas de las tres espadas que trataron de atravesarlo, Dante realizó un giro cortante, como un huracán en movimiento, decapitando a uno de los espectros y haciendo que su alma desapareciera. Luego, con la destreza de un maestro de esgrima, puso su brazo con escudo atrás y su espada en guardia al frente, recitando palabras indescifrables.

El espectro que quedó a sus espaldas trató de atacar, pero Dante soltó su escudo y lo pateó hacia atrás, impactando en la garganta del espectro, dejándolo incapacitado.

El espíritu no era rival para la sangre real atlante, y fue cortado de arriba a abajo, partiéndose en dos. Ahora solo quedaba un enigmático soldado espectral. Los dos se miraron fijamente, y Dante pudo ver todavía vestigios de piel, uno de sus ojos bajo la apariencia atlante de su casco, este tenía un sistema de buceo moderno, con pulmones gelatinosos flotando a los lados de su boca de momia, conectados a un mecanismo en su armadura.

Con admiración, pero sin asombro, Dante hizo su siguiente movimiento. Atacó al soldado con determinación. El espectro se defendió con su espada, parecida a la trompa de un tiburón sierra.

Sin embargo, los feroces ataques de Dante no cesaban. Parecía que el joven nunca se cansaba, su determinación era inquebrantable.

El espectro retrocedió ante el tsunami de ataques de Dante, pero al poco tiempo sucumbió, tras recibir tres estocadas consecutivas. Dante no se detuvo una vez que había derrotado a los espectros. Clavó su espada en una pintura cercana a la estatua y recogió su escudo, colocándolo nuevamente en su espalda. Regresó al enigma y observó que la estatua miraba hacia el suelo, donde pudo ver un mosaico de piedras que representaba a un hombre señalando, con horror, el techo del recinto. El techo en esa zona en particular era de cristal, y a lo lejos se divisaba el rostro de la estatua titánica, misma que sostenía un cetro en una mano y el laberinto en la otra, mientras un calamar de color naranja con ojos rojos lo observaba desde lo alto de su cabeza.

Al cruzar miradas con el kraken, este nadó hacia la espalda del titán de piedra, como si esperara algo con ansias. Lentamente, los ojos del titán se iluminaron de color naranja, y revelaron un cofre de plata al costado de Dante.

Dante se acercó rápidamente al cofre, y, al abrirlo, se encontró con un traje brillante, aunque cubierto de polvo, uno de esos trajes con rejilla y tela. Sin dudarlo, Dante se lo puso. Algo le había dicho que podría utilizarlo, y en lo profundo de aquel lugar las piezas del juego volvieron a sonar. Ahora podía visualizar y hasta controlar mentalmente las piezas del laberinto, ya no tenía que adivinar, tenía el control en sus manos.

Dante continuó su exploración del laberinto, enfrentándose a lo que parecía ser una biblioteca viva y consciente. El juego había avanzado, él había hecho un jaque con su alfil. Sin embargo, sabía que el laberinto podía contrarrestarlo fácilmente, pero ahora llevaba una armadura que lo protegía de ahogarse.

Dante tomó sus pertenencias y continuó su camino por el laberinto. Cuando llegó al fondo de un pasillo lleno de objetos desconocidos y papiros antiguos, vio una caja de vidrio que parecía contener un genio meditando. Sin embargo, en ese instante, el reloj sonó y continuó resonando hasta que la cabeza de la estatua giró, accionada mediante un sofisticado mecanismo en forma de rueda. La cabeza de la colosal estatua adoptó una expresión distinta, y esta vez fue una de enfado insondable.

—No, no, no —exclamó Dante al sentir cómo el suelo se movía y se alejaba del camino que había memorizado.

Al quedar nuevamente al principio del laberinto, Dante se quedó en estado de shock. La mochila que llevaba en lo profundo de la cueva cayó de su espalda, revelando la comida que llevaba consigo.

Dante se sentó en una silla cercana a una enorme mesa redonda con setenta y dos sillas. Comenzó a comer lo que le habían regalado sus compañeros del Deep-End.

—No me importa perder tiempo, esperaré a que pasen las tres horas para meditar y sacar conclusiones —dijo Dante con expresión de incógnita y cada vez más afectado por las verdades sobre la humanidad que había leído en las últimas horas.

En ese momento, una voz se apoderó de su mente, como si el laberinto jugara con ella.

—¿Qué eres? —susurró la biblioteca con curiosidad.

—Dicen que soy de la realeza atlante —contestó Dante.

—¿Por qué estás aquí? —preguntó la voz fantasmal con delicadeza.

—¿Para evitar el apocalipsis? ¿Detener a Seth? —titubeó Dante.

—Silencio, solo nosotros podemos hacer preguntas —retumbó el laberinto.

Dante se disculpó con los ancestros, al mismo tiempo que sujetaba lo que encontraba a su alrededor para mantenerse en pie, mientras el recinto temblaba.

—Nosotros tenemos muchos nombres no importa si no nos llamas por el real, ese jamás te lo diremos —volvió a susurrar el laberinto—. ¿Tienes algún destino? —preguntó la voz.

—Ya soy ajeno a mi vida anterior, solo quiero paz y cumplir las órdenes que me encomendaron —comentó Dante.

—Interesante, un rey que sigue órdenes, no es lo que debes hacer, no es una carga, es mucha responsabilidad así que sólo te llevaremos si tú lo decides. Todavía puedes retroceder —alegó la habitación profunda en el mar.

—No, lo quiero hacer. Antes no tenía nada; quiero ayudar y descubrir mi lugar —pronunció Dante, sintiendo cómo su alma era acariciada y sacada de su cuerpo por unos espectros blancos.

Los espectros tenían una forma alargada, con túnicas brillantes, ojos grandes y ovalados. Le extendieron la mano, en ella había una pirámide hecha de números fantasmales y brillantes.

—Ven, hijo de Ra, te llevaremos con el genio —susurraron los entes con voces sibilantes.

Dante, mientras era guiado de la mano a través de los oscuros estantes de la biblioteca, pensó: *entonces, solo los de corazón puro pasan la prueba.*

—No te han dicho nunca nada, y sin embargo sabes mucho —dijo uno de los entes, avanzando a grandes zancadas con sus piernas alargadas.

—Recuerda que solo hay tres preguntas, o podrías crear un error en esta realidad. Tienes los ojos y la palabra de Ra. Usarlos con prudencia es tu única opción. Hemos visto todos los finales posibles de tu vida hasta antes de entrar en esta habitación, sabemos que has visto al jefe del Concilio, al gran arquitecto celestial. Por eso te llevaremos —advirtió otro ente con túnicas que recordaban a las de un faraón.

Finalmente, los espectros llevaron a Dante a una sala oculta en el recinto. Había cuerpos de almas que solo se podían ver en este estado de conciencia, y calaveras que parecían no haber sido manipulados por nadie, era como si sus ancestros, los que no habían pasado la prueba, fueran reclamados por el recinto para jamás ser vistos. Y en el centro se encontraba una base.

—Enfrenta el juicio, Dante Nikolaidis —dijo el ser de luz.

Dante se posicionó en la base, y, en ese instante, esta se levantó, revelando una balanza.

Una pluma cayó en la bandeja opuesta de la balanza.

Ahora veremos si eres verdaderamente digno de hablar con el genio, resonó una voz en la mente de Dante.

Los entes sacaron espadas largas en forma de triángulo y se pusieron en posición.

Este es el momento más importante de mi vida, pensó Dante con confianza, pero con mucho nerviosismo. *Todos los atlantes saben que morirán si yo fallo esta prueba. La valentía de esta gente es extrema. Si ellos aceptan el destino de este planeta y de sus vidas, yo también lo haré honorablemente. Ahora lo entiendo, sólo yo he tenido esta responsabilidad, ya que antes no quedaba más que un descendiente de Ra*, pensó Dante, recordando todas las cosas que había hecho a lo largo de su existencia.

Al caer lentamente la pluma en la balanza, Dante fue arrojado por los aires. La pluma resultó ser demasiado pesada para el alma pura del joven.

En ese instante, los seres de luz bajaron la guardia y desaparecieron con una sonrisa en sus caras.

Cuando Dante se levantó del suelo, pudo ver y escuchar los rechinidos que provenían de una caja que parecía contener al genio. El genio estaba conectado a un aparato que cuidaba de sus órganos vitales a través de mangueras metálicas. El suero que lo sostenía era tan antiguo que, si el genio se movía, se volvería polvo.

La figura ante Dante era asombrosa y aterradora a partes iguales. Con un ojo real en su frente, mismo que se movía inquietantemente de un lado a otro, mientras sus dos ojos "normales" estaban cerrados, el hombre portaba una extraña computadora de oro, con la que escribía a través de una pantalla.

Dante se acercó, curioso por lo que el genio tenía que decirle.

<Presiona el símbolo, Dante Nikolaidis. Llevo esperándote casi trescientos años. La última prueba se hizo en 1889. Los cadáveres que ves son tus antepasados, pero al fin un hijo de Ra pudo hablar conmigo>, escribió el genio con franqueza en la pantalla. <Todas las familias atlantes son importantes, pero tú desciendes del jefe del Concilio. Presiona la runa del ojo y la pirámide con olas, así podrás

preguntar sobre lo que se te presente. Cada carta es tu presente, tu pasado y tu futuro>.

Dante obedeció, presionando el botón indicado, y de un mecanismo surgió una carta con el número quince, que decía "El Diablo".

El genio escribió, entonces: <Este dios nos persigue desde el origen de la humanidad. Es causante de todos los males en este mundo. Tendrás que luchar en su contra, y tal vez pierdas la vida. Entrenar para acabar con él es lo único que tienes que hacer en este plano, para, así, devolverle el poder a Gia. Su culto empezó en la Atlántida. Antes no era un ser totalmente malo, pero el rechazo del Universo lo convirtió en un ser sin respeto por nada ni nadie en la creación. Para él, todo es un juego y te está buscando en todo momento. Uno de tus ancestros dio la vida para que los hombres volvieran a creer en la energía limpia, y no en la basada en muertos>.

Las palabras del genio resonaron en la mente de Dante, y su determinación se fortaleció. Ahora más que nunca, pensó en su destino, en lo que quería y en lo que debía hacer para acabar con Seth.

En la oscuridad de la habitación, Dante sostenía la carta número trece en su mano, "La Muerte", mientras las palabras del genio resonaban en su mente.

La revelación de que la muerte era solo el comienzo de algo nuevo, si se cumplía con una misión divina, lo dejó inquieto. El genio le hablaba de los verdaderos propósitos de los mortales, de cómo la distracción de los aparatos creados por la magia, en contra de las manecillas del reloj, había desviado a la humanidad de su verdadero camino.

El dinero, la contaminación, la ceguera hacia otras formas de conocimiento que no vinieran de la ciencia, todo ello había nublado la mente de los mortales, convirtiéndolos en simples seres efímeros, sin memoria de sus vidas anteriores al morir. Dante reflexionaba sobre las palabras del genio, sosteniendo el peso de la responsabilidad que le habían encomendado.

La posibilidad de detener los deshielos polares, de evitar que la humanidad cayera en un apocalipsis, pero también la certeza de que la muerte estaba siempre presente, sin importar la posición social o el estatus; la idea de un nuevo comienzo mientras aún había tiempo resonaba en su mente, pero también la incertidumbre de lo que implicaba seguir adelante con esta misión. Por un momento, Dante se preguntó si realmente quería seguir adelante. Si estaba dispuesto a cargar con semejante responsabilidad, a enfrentarse a un enemigo ancestral y desconocido, a desentrañar los misterios de la magia y los números, a desafiar a la misma muerte. La duda lo asaltaba, pero en su interior sabía que ya no había vuelta atrás.

Al sacar la última carta sin haberla pedido, el genio no se molestó, pero sí se preocupó de que el joven pudiera con la verdad.

<Esta es una carta comodín>, explicó solemnemente. <Sólo se ha presentado dos veces antes, y tú eres el tercero. Representa el libre albedrío, Dante Nikolaidis. Representa que eres afortunado, digno de gobernar y el arquitecto de tu propia vida. Pero también revelaré el secreto de los dioses, espero que entiendas, y no enloquezcas, Dante>.

<Seth, en un futuro no muy lejano, mandará un mensaje a través del espacio, viajará tan rápido que llegará a las Pléyades, específicamente a Sirius. El tiempo es relativo, ellos tienen más tecnología y han llegado a dominar su existencia, así que sí, llegarán al planeta Gia, pero lo harán tan rápido que llegarán al principio mismo de la historia. Estos seres iniciarán todo lo que ha pasado desde el inicio de los tiempos en este planeta, todo lo que está pasando y lo que pasará. Son los antiguos, por eso todas las civilizaciones los ven como dioses. La diferencia es que tú, junto con

tus otros dos antepasados, sí has visto a los verdaderos dioses. La decisión que debes tomar es evitar que mande la sonda y frenar la corrupción de tu planeta, lo que significaría cambiar la realidad tal como la conocemos. . O dejar que lo haga y tomar el camino difícil: acabar con él. Espero no verte de nuevo, porque lo que viste fue real, muchacho. Gánate tu lugar en el Concilio Estelar, ese lleno de grandes maestros iluminados en la quinta dimensión>.

En ese momento, el enorme ojo rojo del Kraken se asomó tras los vidrios, espiándolo, pero a Dante no le importaba. De alguna manera sentía a Seth en la criatura, pero no había nada que pudiera hacer en las profundidades del abismo.

Dante subió a la superficie. Se sentía más vivo que nunca, más consciente que sus antepasados, y decidido a luchar contra Seth.

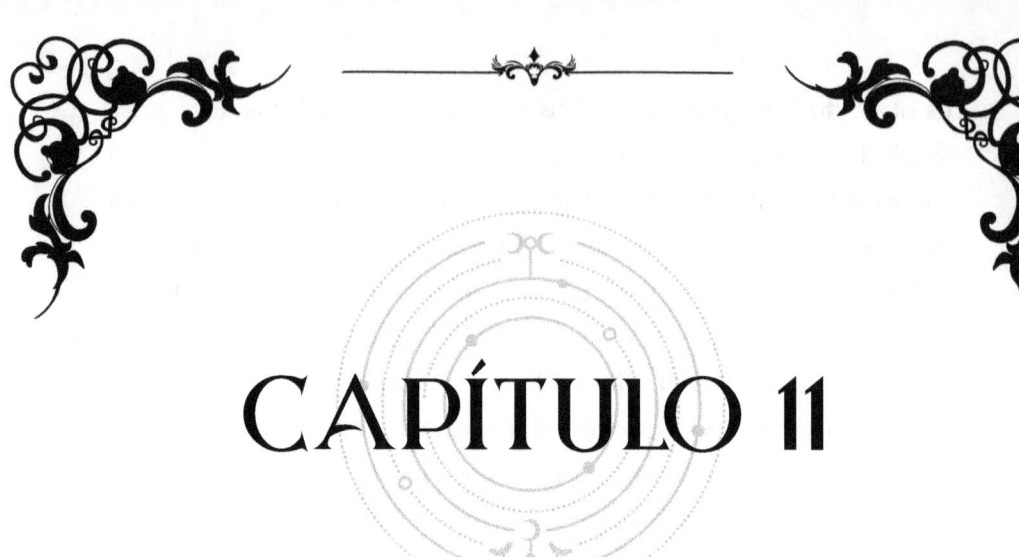

CAPÍTULO 11

E l día estaba nublado, como si la naturaleza misma antici-
para la oscuridad que se avecinaba. Las aves, presintiendo
el peligro, volaban apresuradamente hacia sus nidos antes
de la hora habitual.

Las masas se aglomeraban en torno a sus líderes, ansiosas por
escuchar lo que tenían que decir. Sin embargo, en las sombras se
vislumbraba la avaricia que inundaba las mentes de los hombres,
como una sombra siniestra que se cernía sobre ellos. Dentro de la
imponente pirámide de Keops, Seth, el dios oscuro, recitaba palabras macabras en un antiguo idioma, mientras las compuertas de
una cámara secreta se abrían, liberando un polvo milenario que
había permanecido oculto durante siglos.

En el interior de la cámara, se encontraba un trono de un
dorado deslumbrante, y en él reposaba un cetro. Seth extendió su
mano para tocar un orbe rojo que se encontraba en el centro de
la cámara, y en ese instante, los ojos de todos los líderes mundiales
se dilataron. Había convocado y manipulado todos sus hilos para
sumergir a la humanidad en el caos.

En todos los medios de comunicación, desde las redes sociales hasta los canales de televisión, los líderes mundiales repetían al unísono las palabras del maligno. Las voces resonaban en diferentes idiomas, transmitiendo un mensaje siniestro a la humanidad.

—Naciones del planeta Tierra, en estos momentos de crisis mundial, nos hemos aliado, más de 143 naciones llegamos a una conclusión —declaraban con una determinación inquietante—. La ciencia es el único camino que nos llevará a la grandeza. Hemos llegado a la conclusión de que el ser humano es la raíz de todos los males en este mundo. Las creencias religiosas nos han llevado a guerras y conflictos armados que no cesarán sin una mano firme.

Las palabras resonaban con una frialdad inhumana, como si fueran dictadas por una fuerza oscura y desconocida. Los líderes mundiales proclamaban que la libertad, una vez considerada la clave para una sociedad unida, ya no tenía valor en el nuevo orden que estaban imponiendo. Habían elaborado un complejo sistema económico, constitucional y humanitario para "unificar" a todas las naciones en una sola doctrina, tanto en creencias, religión, economía y estilo de vida.

El mensaje era ominoso, impregnado de un tono autoritario y opresivo. Las mentes de las masas eran manipuladas como marionetas. La humanidad se encontraba en un precipicio, enfrentando un futuro incierto y aterrador. Sí, no sonaba mal para ciertos individuos, pero todo era una trampa para controlar cada centímetro de la Tierra y perder la libertad que quedaba.

—Todos ganaremos lo mismo y todos caminaremos de la mano para hacer del planeta Tierra un lugar mejor. Pero todo eso es efímero, una ilusión en medio de la oscuridad que se cierne sobre la humanidad. El verdadero futuro de nuestra especie yace en las estrellas, en la colonización de nuevos mundos habitables. Es un día triste para nosotros, así como para ustedes, ciudadanos, un día oscuro que marca el inicio de una nueva era. En este nuevo orden mundial, nuestro planeta llevará el nombre de Perampla Serpentis. Será liderado por aquellos escogidos entre las mentes más brillantes de nuestra especie, sometidos a innumerables pruebas y exámenes para asegurar un milenio próspero. Sin embargo, cualquier oposición a este nuevo orden será considerada una amenaza, y aquellos que se atrevan a desafiarlo serán perseguidos y ejecutados. Es una medida necesaria para asegurar la estabilidad y el progreso de nuestro nuevo mundo.

Las palabras de los líderes resonaban con una determinación fría y despiadada, anunciando un futuro sombrío en el que la obediencia ciega a la ciencia y el nuevo orden mundial sería la única opción. En ese momento, líderes de todo el mundo identificados como aliados de Seth fueron ejecutados al instante por los escuadrones y agentes del Core en misiones secretas con órdenes de contingencia.

El caos se desató en todos los rincones de la Tierra, como una plaga imparable de muerte y destrucción. Todos los que se oponían debido a sus creencias o por su estilo de vida eran ejecutados al instante.

En el templo, la Hatshepsut sintió el peso de esa masacre, se llevó las manos instintivamente a la cabeza, sus piernas temblaron y finalmente cayó al suelo, abrumada por la magnitud del horror.

Mientras tanto, Seth sonreía con malicia. Abandonó la pirámide y se dirigió a París en un avión privado. Allí, entró en una excavación titánica, descendiendo a sus profundidades.

Lo que encontró fue una visión aterradora: ingenieros y trabajadores construyendo una máquina colosal que se asemejaba a una criatura marina, con una amenazante y letal presencia. Era una abominación creada por la mano del hombre, una muestra del poder oscuro y perverso que estaba en juego.

Seth, al no poder acercarse al templo de Isis, ya maquinaba un plan para atacar con estas máquinas.

—Entra —dijo Ikarus, empujando a Dante hacia una habitación que contenía una armadura de buzo similar a la que había encontrado en el laberinto—. Esta armadura era de tu tatarabuelo Ulises, nuestro rey menos querido. Se dice que era amigo de Seth, el mejor cazador de kraken de la historia, un brujo muy poderoso y el inventor de estos trajes para las profundidades —explicó Ikarus, rodeando la armadura—. Es diferente a las otras, tiene una corona y es de color dorado —dijo Ikarus, tocando el casco—. Es solo tuya, nadie más la puede usar. Fue la última pieza forjada por un miembro del culto Thot. Ulises no quería que, si fallaba en una misión, se perdiera en las profundidades.

—Los kraken viven durante siglos dentro de sus madrigueras, y nadie sabe qué hay dentro de ellas desde la época de la vieja Atlántida, porque nunca se ha podido entrar a una. La corona Atlante se encuentra en la más grande de todas. Los traidores ilusos pensaron que podían entrar cuando perdimos el segundo cetro, debido a prácticas de combate hoy olvidadas y a esos traidores, la corona se perdió en ese abismo infernal —comentó Maquiavelo—. Hoy, además de tu prueba, Seth ha avanzado. Quiere unir a todos los reinos humanos bajo un solo régimen. Debemos apurarnos y ser más cuidadosos. Dante, esto acaba de complicarse. Debes ser consciente de todo esto. Una purga ha comenzado, y es nuestro deber intervenir. Si Seth gana más poder, no tardará en revelar nuestra existencia —dijo Maquiavelo preocupado.

El peso de las palabras de Maquiavelo cayó sobre Dante como un oscuro presagio. La amenaza de Seth era cada vez más real. Los reinos humanos estaban en peligro y la situación se volvía más sombría con cada momento que pasaba.

Dante asintió solemnemente, comprendiendo la gravedad de la situación. Sabía que debían actuar con rapidez y cautela. Seth era implacable en su búsqueda de poder y no se detendría ante nada para lograr su objetivo. La existencia de su grupo, oculto en las sombras y en lo más profundo de los mares, estaba en riesgo si Seth llegaba a descubrirlos ante las masas.

—El Triángulo de las Bermudas… ahí está la guarida del Kraken Mayor —dijo Dante mientras tomaba la espada que reposaba a los pies de la imponente armadura, y contemplaba una pintura de su tatarabuelo Ulises en su juventud, que colgaba detrás de ella.

—Así es, nuestra última agente que investigaba esas aguas se perdió al sobrevolar ese lugar. ¿Has oído hablar de Amelia Earhart? —preguntó Ikarus.

—Sí, es muy famosa entre los humanos —contestó Dante con interés.

—Mmm, cada hazaña que para nosotros es normal, los hombres la engrandecen. Si supieran de la guerra que se libra todos los días en las profundidades de la Tierra, destruirían todo lo conocido. Seth tiene numerosos agentes en los gobiernos humanos, y no se detendrá hasta acabar con nosotros. Su hijo, el Kraken Mayor, tiene a sus descendientes protegiendo los mares. Sus guaridas albergan tesoros milenarios, cementerios de barcos y submarinos atlantes, vestigios del terror que ha sembrado el Kraken —dijo Ikarus con ímpetu y preocupación—. Necesitamos de tu ayuda, Dante. Un opositor, convencido de que Ulises se había aliado con Seth, tomó la corona y se adentró en la guarida con un ejército para asesinar al Kraken. Por obvias razones nunca regresaron. Sólo tú puedes reclamarla, la corona atlante tiene muchos secretos y habilidades que aún no entendemos —continuó.

Dante se arrodilló frente a la antigua armadura de su tatarabuelo, que descansaba imponente en ese recinto lleno de incienso y ofrendas dejadas por los miembros del Deep-End, en honor a su antiguo líder. Y siguió al general.

Llegaron a un elevador, el general puso su mano sobre el hombro de Dante mientras le decía:

—Si haces lo que te digo, todo irá bien.

Con estas palabras, el elevador se selló y descendieron hacia las profundidades del mar. La estructura a la que llegaron era un hospital, donde muchos doctores con brazos similares a los que Cornelius había utilizado para curar a Dante, trabajaban sin descanso, controlando los utensilios médicos con la destreza de un pulpo. Suturaban, cosían, cauterizaban y reemplazaban extremidades de carne por extremidades metálicas. Otros rezaban, eran los sacerdotes de la Hatshepsut, quienes oraban por las almas de los soldados caídos.

—Dante, ahí están los Keops. Alabado sea Ra... hoy no perdimos tantos soldados como ayer —señaló Ikarus.

—Estos submarinos son impresionantes, general —dijo Dante asombrado.

—Capacidad para mil hombres, siete subacuáticos de exploración y más de sesenta cápsulas de asalto. Estás de suerte, hijo, hoy el mar está más tranquilo de lo habitual —comentó Ikarus.

Al terminar de decir eso, los dos descendieron en el elevador. Este se movía gracias a imanes y un metal que lo sostenía.

—El sargento Aquiles está herido, fue atacado por un trío de kraken que merodeaban el área de excavación. Qué bueno que llegué, no ha habido ataques desde la mañana, pero creo que estamos cerca de encontrar la línea magnética sagrada de la Atlántida. Cien millas al este y podremos perforarla —dijo un soldado que aún llevaba el casco puesto.

—Como lo esperaba. Ya que Seth salió de su prisión, Ra también nos está ayudando. Desencadenas muchas reacciones, Dante. Ya no podré llevarte a tu entrenamiento. Claudius, ¿podrías darle los primeros pasos en mi lugar? Tengo que ir al cuarto de operaciones —dijo el general.

—Sí, general... casi lo olvido, el sargento Aquiles está muy malherido, no sabemos si pasará la noche —contestó Claudius.

Claudius instó a Dante a seguirlo con premura a través de los pasillos húmedos, donde la única iluminación provenía de los peces bioluminiscentes que nadaban a su alrededor.

Sortearon camillas con heridos y se abrieron paso entre los sacerdotes que estaban en fila, hasta llegar al hangar principal, donde se cargaban provisiones, armas y donde los miembros del Deep-End se embarcaban.

—Esta es solo una de las numerosas bases submarinas que nos quedan para continuar la búsqueda del Orbe de Thot y la corona atlante. Ambos se perdieron durante la Gran Guerra —comentó Claudius con solemnidad—. Algunos cultos se han aliado con los atlantes oscuros, quienes ahora controlan a los kraken, una plaga que debemos erradicar. Esperemos que, si nos llegamos a encontrar algún Kraken, no estén montados por sacerdotes de Apofis.

Las palabras de Claudius resonaron en el aire, cargadas de un oscuro pesar.

Dante observó a su alrededor, el ajetreo del hangar, mientras los soldados se apresuraban a preparar los submarinos de exploración y las cápsulas de asalto. El ambiente era opresivo, la humedad se aferraba a la piel y el olor a sangre y salitre era inconfundible. Lo que había atacado a Ángela era veneno de kraken.

Dante se mostró desconcertado y preguntó:

—¿Cómo es que pasó si no estábamos en el mar?

Claudius respondió:

—El veneno de kraken se extrae directamente de ellos, los cultos oscuros crían algunos en cautiverio. Según el informe, Ángela fue envenenada al caminar entre la multitud. Los cultos oscuros secuestran personas para alimentar Kraken. Pero otros corren un destino aún peor, son convertidos en recipientes. Verás, la verdadera forma de matar a un miembro del culto Seth es destruir su cuerpo original. A través de la meditación oscura, y tecnología impura, pueden poseer los cuerpos de las personas a su conveniencia. En estos tiempos, ya no puedes confiar en los humanos. Lo más recomendable es moverte en las sombras, o bajo la luz más brillante—. Claudius respondió con amargura—: ¿Acaso no te lo dijeron en el entrenamiento?

—No todo. Ese entrenamiento es para agentes de campo. Además, ya probé la mochila-cohete. Ángela no pudo llevarnos a los dos. Está diseñada solo para llevar a una persona, de lo contrario, hubiéramos llegado directo a la base.

"No nos enfoquemos en lo que sé o no sé. Si me hubieran dicho todo lo que necesitaba desde el principio, y buscado antes que Seth, podría haber evitado lo que sucedió en la mansión", dijo Dante algo molesto.

Claudius respondió con calma:

—Sargento, tranquilo. Ángela está bien. Concéntrate en tu primera expedición. Ve a la puerta uno, allí te espera la tripulación. Además, en ese momento no tenías idea, no había nada que pudieras hacer.

Dante preguntó:

—¿Los Hipopótamos?

Claudius confirmó:

—Así es, Héctor te dará las órdenes para continuar.

El hangar era una cúpula enorme, llena de actividad. Soldados caminaban de un lado a otro, otros se ajustaban sus armaduras, algunos cargaban municiones y otros simplemente charlaban o se divertían. Dante llegó a la puerta uno y vio a Héctor junto a la escotilla, misma que brillaba con un metal reluciente. Los submarinos tenían una forma híbrida entre barco y submarino, similares a peces que Dante jamás había visto.

—Gracias a los dioses, me alegra que hayas sobrevivido a la prueba de conocimiento —dijo Héctor.

—Estoy agradecido con Ra por permitirme unirme a ustedes —contestó Dante.

—Hablas como todo un miembro del Deep-End. Ven, entremos... Esto es la joya de la corona, Dante, aquí puedes ver más de diez mil años de evolución. Puede que pienses que estamos atrasados en comparación con los humanos, pero no es así. Esta bestia metálica puede alcanzar las profundidades más oscuras del mar; los torpedos que utilizamos están hechos de energía pura. ¡Nada puede contra nuestro gran estilo azul! Los kraken son presa para este monstruo creado por nuestros ingenieros —dijo Héctor mientras pasaban por la cubierta, donde se almacenaban cristales de más de cinco metros, y los hombres cargaban las cargas de esa arma de luz, como si fueran enormes pilas que alimentaban a lo único que podía enfrentarse a los Kraken.

Al llegar al último nivel de la cubierta, la escotilla se abrió y subieron al segundo nivel.

—Aquí descansa nuestra tripulación. Cuando tenemos problemas con kraken más pequeños o criaturas menores, son los encargados de eliminarlos. Estos pequeños Keops son clave para exploraciones en espacios reducidos, con capacidad para dos personas: el piloto y el copiloto. Además, aquí están los equipos de reconocimiento marino. Ese será tu puesto —comentó Héctor.

—¿Y los demás pisos? ¿Qué son? —preguntó Dante.

—Del tres al cinco son las barracas y camarotes... el tuyo es el quinientos uno. El seis es el cuarto de operadores de armas, y el siete es la cúpula de mando... Ah, y el ocho es el camarote del capitán —contestó Héctor.

—¿Quién es el capitán de este Keops? —preguntó Dante.

—¡Yo soy el jodido capitán de este Keops! —exclamó Ikarus.

Al oír esto, todos los presentes en los diferentes niveles del submarino dieron un grito de guerra tan profundo que los peces de los alrededores se asustaron.

—General, qué bueno que pudo acompañarnos —dijo Héctor con alivio en su voz.

—Están de suerte, medusas sin tentáculos. Por órdenes de la Hatshepsut vine lo más rápido que pude. Seguro ya conocerán a nuestro nuevo sargento. Y si no lo sabían, ni modo, fin de la discusión. El tema es que esto podría ser una trampa de Seth para que bajemos la guardia. Siendo yo el portador de la Espada de Horus, es mi deber protegerlos. Si pensaban que esta misión sería pan comido, están equivocados. Ya casi hemos desenterrado algo de suma importancia para los altos rangos. Es primordial para ganar esta guerra —advirtió Ikarus con preocupación e inspiración.

—No es por alarmarlos, pero la batalla por la humanidad ha comenzado. Seth ha creado un caos en la superficie tan grande que nadie lo ha vivido en milenios. Ahora les pregunto... ¿están listos para dar sus vidas?

Ante estas palabras, todos en el Keops repitieron con aún más fuerza el grito de guerra, resonando en el armazón de este como un estruendo.

—No escuché, branquias de pez globo, ¿están listos para morir? —exclamó Maquiavelo.

Los miembros del Deep-End respondieron con un grito diez veces más fuerte, haciendo retumbar el Keops. El general volvió su mirada hacia Dante, se dio la vuelta y subió al cuarto de mando, dejando un aire de inspiración a su paso.

Dante se preparó para lo que vendría. La cabina en la que se encontraba era similar a una campana, con mecanismos que parecían infinitos. Había una ventana, una cápsula con arneses, y una cadena. Símbolos inexplicables adornaban los mecanismos de la campana de reconocimiento.

Al cerrar los ojos y llevar a cabo las meditaciones que le había enseñado la Hatshepsut, Dante pudo ver palabras en los símbolos. De repente, en la bocina del Keops, se escuchó a Ikarus:

—Desplieguen el Keops, bajen a lo más profundo del océano, ahí nos espera la excavación —exclamó el general.

La presión hacía crujir los millones de remaches con los que estaban forjados los submarinos. A lo lejos, entre dos montañas marinas, Dante pudo ver dos ojos rojos que lo observaban desde el abismo. Eran los mismos que lo habían acechado en la biblioteca. En ese momento, Dante quiso advertirles desde su comunicador, pero no funcionaba, solo escuchaba, pero no podía enviar ningún mensaje.

Intento abrir la compuerta, pero fue en vano.

Dante se preparó en la estrecha campana submarina, asegurando la pistola de entrenamiento que había guardado en el laberinto submarino. Imploró a los dioses que lo protegieran mientras él y la tripulación se adentraban en las profundidades insondables del océano. El sonido del Keops resonaba en sus oídos, una sinfonía de crujidos, y cantos de ballena. Las luces del submarino parpadeaban como estrellas en la oscuridad abisal. Dante se esforzaba al máximo, consciente de su deber y su papel en esta misión. Cuando su comunicador emitió un zumbido, indicándole que debía pulsar el botón rojo para abrir la escotilla, lo hizo sin dudarlo. Luego, una voz en su comunicador le indicó que pulsara el botón en su pecho para sellar su casco y la campana submarina.

La compuerta se abrió lentamente, revelando un mundo de silencio absoluto.

—Adéntrate en lo profundo, cuando encuentres las algas moradas, sal de la campana, córtalas con tu brazalete láser y guárdalas en tu mochila metálica. Cuando termines, entra a la campana para descender a la excavación.

Dante movió las palancas de la campana hasta que divisó las algas, iluminadas por una luz propia y rodeadas por peces de formas amenazantes. Era una vista hermosa, como si los secretos del planeta se estuvieran revelando de manera celestial.

—Sal de la cápsula —ordenó el comunicador.

Dante se acercó con su traje. Las rocas y arrecifes se extendían ante él, mientras que los hologramas dentro de su casco le proporcionaban la información que necesitaba. Sin embargo, el comunicador interrumpió su tranquilidad.

—Dante, sólo hazlo. No sabemos lo que nos acecha en la oscuridad. Confirma.

Dante no tenía forma de comunicarse. Aprovechó para señalar con sus manos desde lo profundo, y para informar que su comunicador no funcionaba. Al mismo tiempo, cortaba las algas.

Mientras tanto, en su palacio, Seth iluminó sus ojos rojos, y ordenó con una daga en la mano:

—Lancen el ataque —asesinando a uno de sus sacerdotes.

Dante seguía haciendo señales cuando sintió unos ojos rojos detrás de él. Al darse la vuelta, se sorprendió al ver un kraken de colores fosforescentes en rojo, amarillo y naranja. Los ojos de este eran de al menos cinco metros de largo y cuatro de ancho, pero la oscuridad del fondo marino no permitía una vista completa de la bestia.

Dante quedó perplejo y en shock.

Entre disparos y explosiones, Dante logró sacar su pistola de entrenamiento. Sin embargo, las balas no estaban diseñadas para funcionar debajo del agua.

—¡Disparen la red eléctrica! —gritó Ikarus furioso.

Los Keops menores se unieron para crear una red que electrificó a la criatura. Sin embargo, esta respondió moviendo sus tentáculos y destruyendo varios submarinos de ataque.

—Tenemos que posicionarnos frente a él y volarle los malditos sesos —dijo un piloto desde su submarino, que iba a toda velocidad, mientras el sudor le resbalaba por la frente, pero, al disparar su arma, la explosión no causó daño a la criatura.

—Dante, sal de ahí —dijo Héctor preocupado.

Dante volteó hacia el Keops principal, la criatura de proporciones bíblicas lo miró, su rugido generaba un sonido tan poderoso que desconfiguraba los aparatos electrónicos en un radio de cien millas. Dante estaba en shock, pero recordó su misión en el laberinto: luchar contra cualquier adversidad.

Decidió nadar lo más rápido posible hacia una cueva con columnas destruidas, para dispararle al Kraken con la sustancia de entrenamiento, ya que, en uno de los libros de entrenamiento, había aprendido cómo utilizar antigua alquimia atlante. Según el libro, esa sustancia podría acabar con el Kraken, o al menos hacerlo dormir, si caía en su ojo central.

—¿Qué estás haciendo, estúpido? Si mueres, moriremos todos —dijo el general enfurecido, a lo que Dante tomó un comunicador de un cuerpo que flotaba cerca de él, víctima de la bestia, y respondió:

—Tú ya lo sabías y aun así me pusiste en esta situación. Yo era el señuelo

—No seas inocente, solo creímos que habría más kraken, no el mismísimo hijo del dios de la oscuridad.

"Todas las unidades, vayan por él" gruñó y ordenó Ikarus.

Los Keops de ataque emergieron de las profundidades marinas, listos para el rescate, pero la situación se volvió caótica en un instante. Tres decenas de kraken surgieron desde la oscuridad, lanzando sus enormes tentáculos en todas direcciones. Dante se vio envuelto en la lluvia de escombros que caía a su alrededor, mientras luchaba por esquivarlos, deslizándose entre las rocas y la vida marina más profunda.

El casco de Dante emitió una alarma: <Daño crítico>. Los kraken se abrieron paso a través de los Keops, liberando a su padre, y destruyendo a más de la mitad de los submarinos.

Dante sacó su pistola y se colocó en posición, en medio de unas columnas a lo alto de un arrecife, esperando a la bestia. El Kraken se liberó y arremetió contra Dante.

Las columnas lo protegieron por un momento, pero la bestia finalmente lo alcanzó con uno de sus poderosos tentáculos, arrojándolo con violencia hacia unas rocas cercanas. Dante, aturdido por el impacto, vio a uno de los Keops caídos. Aunque el submarino estaba intacto, los pilotos estaban inconscientes debido a los aterradores gritos de la bestia.

Con su entrenamiento y habilidades, Dante se las arregló para esquivar los tentáculos que lo atacaban, desenvaino su espada. Con precisión y valentía, cortaba y clavaba su espada en los tentáculos que intentaban acabar con él. Finalmente, con un rápido movimiento de su brazalete, logró cortar la cerradura que bloqueaba el acceso al submarino.

Tomando el control de la nave, colocó cascos en los pilotos inconscientes y asumió el mando.

Dante maniobraba el submarino en medio de la caótica batalla, con la visibilidad reducida a casi nada. De repente, se dirigió directo hacia un kraken, atravesándolo con la velocidad de la nave, matándolo al instante.

—¿Qué haces? ¡La batalla está por allá! —gritó el jefe del Escuadrón Mantarraya.

—Dante, te necesitamos para proteger al Keops principal. Los kraken menores se dirigen hacia la ciudad —comentó una operadora desde la cabina de mando.

—Esto es peor de lo que pensaba. Las defensas y radares, que protegen el templo mayor, están en alerta máxima. Seth quiere destruirlo y acabar con nuestra protección divina. Todo está peor en la superficie, parece que solo falta tomar la columna vertebral de la espiritualidad que queda en este planeta. Maldito bastardo —informó otro operador, mientras Ikarus se dirigía horrorizado hacia el timón, apartando a todos los que se cruzaban en su camino.

—Dante, nunca te he pedido nada y dudo que lo haga de nuevo, pero si no te entrego la Espada de Horus, no podremos ganar esta batalla. Es tu destino. ¡Repórtate inmediatamente a la cabina de mando! —gruñó el general, con la voz entrecortada.

Dante disparaba con determinación, abriéndose paso entre los kraken y logrando acabar con varios de ellos. Los disparos, explosiones y los interminables tentáculos dificultaban su avance hacia la nave, hasta que, siguiendo su instinto, disparó su arpón que impactó en el Keops principal.

Presionó el botón para contraerlo, mientras lanzaba un grito de guerra ensordecedor, divisando la nave más poderosa de su armada. Llevó la nave hasta el nivel uno y la estrelló.

Al entrar en el Keops, esquivó miles de tentáculos y vió morir a muchos de sus hermanos. Rompió el vidrio de la nave con sus piernas para así acceder al Keops principal. Había realizado una incisión perfecta.

Dante inquirió si disponían de armas de entrenamiento, pero una voz estruendosa resonó en las bocinas del submarino, censurándolo por su insubordinación en un momento tan crucial. El general, visiblemente exasperado, le recordó que estaban luchando por sus vidas, y las del mundo entero. No obstante, Dante no se amilanó ante la reprimenda, y ordenó a sus hermanos que reemplazaran el contenido del cañón principal con la substancia para adormecer a los kraken, para tratar de adormecer a la criatura que los acechaba. Dante se trasladó a la cabina de mando para supervisar personalmente el cañón principal.

Un operador, sorprendido por la astucia de Dante, hizo hincapié en que nunca se le hubiera ocurrido semejante estrategia, y que podría ser la clave para derrotar a la bestia. Dante, sin dejar de lado su temple y su valentía, pidió al general un informe detallado sobre el estado de la nave y sus capacidades.

El Keops avanzaba a toda velocidad, enfrentando la arremetida de los kraken menores que se interponían en su camino. Mientras los cañones de la nave no cesaban de disparar, los soldados, dentro de la embarcación y los submarinos menores, luchaban denodadamente.

Los tripulantes, que recibían los golpes más duros, intentaban reparar los daños con brazos mecánicos antes de que fuera demasiado tarde. Los disparos contra la bestia apenas parecían hacerle mella, solo lograban aturdirla momentáneamente, permitiendo que la misión continuará. Los kraken menores se aferraban al Keops, y eran abatidos por las defensas de la nave, pero la criatura ancestral, el Kraken Mayor, seguía implacable en su avance. A lo lejos, se divisaba el templo Ovular, la última columna que sostenía la escasa esperanza y espiritualidad en la Tierra.

La batalla era titánica, con cientos de Keops mayores creando un cerco alrededor de la ciudadela y el templo.

Dante preguntó sobre el progreso de la carga del cañón principal; una operadora informó que estaba al setenta por ciento. En ese momento, una voz conocida resonó en la cabina de mando. Era Ángela, la comandante, acompañada de miles de buzos que conforman el escuadrón de fuerzas especiales, las Plumas de Horus portaban lanzas con punta de rayo y la última tecnología atlante.

—Me alegra verte en acción, Dante —dijo Ángela mientras observaba la feroz batalla que se libraba en las profundidades marinas—. Estamos listos para unirnos a la batalla. Esta es nuestra última oportunidad de detener a la criatura y proteger el templo. No debemos fallar.

Dante asintió con gratitud ante la llegada de refuerzos. La situación era desesperada, pero con la combinación de las plantas sagradas en el cañón principal y el apoyo del escuadrón de fuerzas especiales, tal vez tenían una oportunidad de éxito. Sin embargo, la bestia ancestral seguía avanzando implacablemente, el Keops principal y los demás submarinos luchaban denodadamente para mantener a raya al Kraken Mayor.

Los soldados de élite luchaban valientemente, clavando sus lanzas en los kraken, deteniendo las mordidas letales de las bestias marinas. Era una carnicería, una batalla épica que desafiaba la cordura.

El cañón más grande del Keops estaba a punto de alcanzar su carga máxima, mientras el general giraba el timón desesperadamente para posicionarse adecuadamente y apuntar. En medio de las luces del templo y la ciudad, el Kraken Mayor se levantó y tomó forma, materializándose ante los atónitos ojos de todos. Era una criatura de eras olvidadas, una abominación que nadie había visto en milenios, un demonio que había regresado para aterrorizarlos.

El caos se apoderó de los soldados, los miembros del Deep-End y los habitantes de la ciudad. Los sacerdotes comenzaron a orar en un intento desesperado por encontrar protección divina. Las familias buscaban refugio para proteger a sus seres queridos, mientras los niños gritaban de terror. Los soldados que aún no estaban listos para el combate se apresuraban a ponerse sus equipos y dar órdenes a sus tropas. Todo parecía suceder en cámara lenta, como si el tiempo mismo se hubiera detenido ante la inminente amenaza.

Dante finalmente se encontraba en posición, observando con horror lo que tenía frente a él.

En ese momento, el Kraken Mayor comenzó a golpear el templo Ovular. Al instante, Seth se introdujo en la mente de Dante a través de la telequinesis. Las palabras de Seth resonaron en la cabeza de Dante, sembrando la semilla del miedo más profundo que un ser humano o Atlante podía experimentar.

—No sabes lo que aguarda en lo más oscuro del Universo y sus múltiples versiones —susurró Seth desde su silla, con los ojos iluminados—. Únete a mí y serás perdonado por tus actos e insultos. Solo nosotros podemos gobernar. Mira las caras de tus futuros súbditos, has perdido, Dante. Ellos podrían ser perdonados, no existe ningún poder más grande que el mío.

Dante sintió una sensación de terror que lo invadió. La oferta de Seth era tentadora, pero sabía que sucumbir a ella significaría la destrucción de todo lo que conocía y amaba. Sus ojos buscaban desesperadamente una solución en medio del caos que lo rodeaba. La batalla no paraba, los kraken atacaban con ferocidad, las defensas del Keops y la Nueva Atlántida luchaban con valentía, todos los atlantes listos para la batalla protegían el complejo, pero la criatura ancestral seguía avanzando inexorablemente.

—Dante, Seth no es el ser más poderoso. Lo has presenciado con tus propios ojos. El mal sólo subsiste debido al equilibrio que sostiene al Universo. El ser humano puede ser impulsivo, ignorante, maligno y malagradecido. Todas las almas tienen una edad, algunas son más viejas que otras, pero todas, a pesar de enfrentar la adversidad, tienen algo que Seth no entiende: la esperanza. La esperanza de tener paz, de poder compartir el amor, aunque han olvidado su verdadero propósito de cuidar la naturaleza. Si los analizas, puede que haya esperanza para ellos; al cuidar de su familia, cada ser humano demuestra que no ha caído por completo en las garras de Seth.

"Los cultos oscuros desean controlarlo todo, y es cierto que ahora hay un desequilibrio, pero confía en tu verdadero padre, ese que no tiene forma, ese que tanto te ama. Rey Atlante, tienes una pequeña porción de ese poder en tus venas. Estamos contigo —dijo la suma sacerdotisa a través de la telequinesis.

Dante recordó todo lo que le había costado llegar a este momento; visiones de una madre jugando con su hija, de familias riendo sin parar y de todo lo bueno que tienen los humanos tocaron su corazón. *Sé uno con el todo*, pensó el muchacho.

El Kraken seguía gritando y de alguna manera la voz de Seth se había desvanecido de su mente. Incluso Seth había sufrido un golpe del poder de Dante, su báculo había explotado en sus manos. Seth estaba impactado y gritó como si fuera un berrinche, mientras el Kraken gritaba como su padre.

Los ojos del muchacho brillaron de su color azul cómo nunca. Corrió hacia el timón, apartó al general y avanzó a toda velocidad hacia el kraken junto con el Keops. El monstruo se volvió, y tanto el Keops como el hijo mayor de Seth se prepararon para la batalla. Dante pidió al general que mantuviera el rumbo de la nave, se colocó en la escotilla frontal e Ikarus exclamó:

—Esto te pertenece, anguila escurridiza. Acábalo —al recibir la Espada de Horus de manos de Ikarus, Dante ordenó que apuntaran al ojo central de la bestia.

Con la Espada de Horus, los ojos de Dante brillaron con determinación. Se preparó para salir disparado hacia el frente.

El cañón principal se encontraba en la punta de la nave, Dante dio la orden.

—¡Por el Universo!

El hijo de Seth quedó cegado por el disparo del cañón y la sustancia que adormeció sus tentáculos. Todo parecía ir a cámara lenta. Dante podía ver números en todas partes, analizarlo todo. Fue en ese momento que salió disparado por la escotilla, enfrentándose cara a cara con el Kraken.

Alrededor de ellos, la batalla más importante en la historia de la Tierra hasta ese momento se desarrollaba.

Todo se movía en cámara lenta, y el Kraken pudo ver detrás de Dante al dios hecho de galaxias y su concilio. Aunque estaban debajo del mar, el Kraken (un semidios) se asustó al reconocer a sus semejantes. Sus luces cegaron a la criatura, y con una fuerza sobrehumana Dante derribó al Kraken con un solo golpe.

La criatura comenzó a adormecerse, pero Dante se detuvo para no acabar con ella. La espada debía ser utilizada con un hechizo y las intenciones puras, pero su filo se iluminaba de color azul.

—Por orden del Universo, serás juzgado por tus actos. Que el Concilio tenga piedad —dijo el joven.

Dante lo había logrado. Los Keops lograron aprisionar al ser más antiguo de las profundidades.

Al ver la derrota de su padre los demás kraken huyeron de la batalla dejando en tinieblas la imponente ciudad de la Nueva Atlántida.

CAPÍTULO 12
El Juicio de los Mil Tentáculos

L as profundidades se aquietaron, la energía en el ambiente se tornó oscura. En las cafeterías, las barracas, el campo de batalla y los salones de entrenamiento de la Nueva Atlántida, los habitantes no decían nada. Solo se escuchaba el llanto de los infantes en las peculiares casas, los rezos de los sacerdotes y los cantos de los animales marinos sobre la tragedia que había ocurrido. Los cuerpos de kraken menores, soldados del Deep-End Core y miles de fragmentos de los Keops destruidos flotaban en las profundidades. Solo el resplandor de la ciudad iluminaba los rostros aterrorizados de los caídos. Solo los cánticos angelicales de los miembros del culto Isis y los lamentos inundaban las mentes de toda la ciudad.

En lo más profundo del mar, los espíritus ancestrales lloraban la pérdida de sus descendientes. La Hatshepsut había caído, y fue en ese momento que los atlantes sintieron el verdadero temor. La energía pura que emanaba del templo marino de la suma sacerdotisa ya no los protegía. Todos se sentían diferentes.

Dante, al ver que se llevaban al Kraken Mayor, contempló la destrucción de su reino. Un enojo que volvería loco a cualquier dios poseyó su cuerpo. El semidiós seguía con sus ojos iluminados, podía escuchar todo.

Unos susurros llamaron su atención, provenientes de la sala del Concilio Atlante. De pronto, las palabras de Johnny cobraron sentido. *"Te hemos protegido siempre, los ancianos vendrán por ti si no trabajas para nosotros"*, Dante recordó.

El joven heredero a la corona nadó lo más rápido que pudo, con una mirada de odio en sus ojos, mientras ponía atención a los susurros y a nada más. Sus sentidos estaban más desarrollados que los de cualquier hombre mayor o menor.

—Lo siento, mi señor, el ataque no tenía margen de error. Es probable que la sangre real sea más compleja de lo establecido por los maestros ascendidos y las profecías —dijo una voz que le resultaba muy familiar.

—Has fallado, criatura inferior —resonó la voz de Seth, envuelta en un aura de malévola oscuridad—. Esto se registrará en tu historial, no volverás a ser libre y serás visitado por los sumos sacerdotes, en algún momento de tu vida. Despídete de que te devolvamos a tu padre. Las consecuencias de tu deslealtad, fracasos y estupidez serán certeras.

Las palabras retumbaron en el aire, infundiendo temor en el corazón de Dante. El joven llegó a la escotilla más cercana al recinto y la abrió de un tirón. Al entrar y quitarse el casco, corrió a una velocidad sobrenatural hacia la puerta principal.

Allí, se encontró con dos soldados de la guardia real. Custodiaban la entrada a la sala del Concilio de los Ancianos. Al ver a Dante, los guardias cruzaron sus lanzas, impidiéndole el paso.

—Tu rango no te permite entrar en este recinto. Identifícate —dijo uno de los guardias, con una mano en alto y la otra sosteniendo la lanza.

Dante respondió con determinación:

—Soy Dante Illustratus, tu futuro rey. Algo está sucediendo en el interior de ese Concilio. Déjame pasar, y háganlo rápido.

Los guardias cambiaron su postura, apuntando sus lanzas hacia el joven.

—¡Nosotros somos quienes decidimos aquí! —replicó el guardia con firmeza y enojo.

Las lanzas temblaban como si los guardias no quisieran atacarlo. Dante, al analizar la situación, pudo ver que el guardia estaba luchando mentalmente con algo. El sudor le escurría por la máscara, y algo rojo iluminaba sus ojos de manera sutil, casi imperceptible, pero Dante lo podía ver todo.

—Bajen sus armas, no quiero hacerles daño —ordenó Dante con calma—. Conéctense con todo lo que les atormenta y díganle a sus mentes que estén alerta a los mensajes que no provienen de su consciencia.

—¡Silencio, intruso! —exclamó el guardia real tartamudeando y temblando aún más—. No puedo dejarte entrar.

Dante volvió su mirada hacia el otro guardia y ordenó con voz firme:

—Seth, sé que estás aquí. Sal de estos cuerpos ahora.

Al escuchar esas palabras, los dos guardias emitieron un grito de ultratumba que los obligó a atacar a Dante. El muchacho, imbuido por el poder de la Espada de Horus, empuñaba su arma con maestría, dando golpes precisos y devastadores, que dejaron a los guardias inconscientes en cuestión de segundos.

Dante tocó la puerta y, al hacerlo, esta se iluminó como si estuviera llena de estrellas. Al entrar, el ambiente se volvió opresivo, una niebla verde envolvía las columnas, las sillas del Concilio y las zonas más oscuras de la sala. El sonido de las ballenas cantando, las burbujas y los crujidos de la estructura resonaban en los oídos de Dante.

Un grito desgarrador resonó en lo profundo del pasillo, mientras las vasijas de plata y los adornos interminables vibraban con el eco del sonido.

De nuevo las voces se oyeron, pero esta vez con más claridad.

—Tus blasfemias acaban esta noche, creador de reformas— resonó en la sala.

Dante corrió con su espada desenvainada, mostrándose como un guerrero de élite, hasta llegar al domo donde los tres ancianos pronunciaban sus mandatos, planes, leyes y reformas para la Nueva Atlántida. En el centro del domo se encontraba uno de los tronos reales, rodeado por tres sillas de los ancianos.

Dante se acercó con cautela, y pudo ver a un hombre sentado en el trono. Al mover el cuerpo vestido con prendas caras, pudo ver que era uno de los tres ancianos más viejos del Deep-End. El anciano tenía una mirada de horror, la lengua cortada, tenía los órganos calcinados y miraba al final del pasillo.

Dante siguió la mirada del anciano hasta llegar a una cascada. Sobre una plataforma en un mirador había otra silla, esta tenía a una anciana sentada, meditando. Su energía se sentía algo corrompida, tenía a un pulpo brillante de mascota que manipulaba sin cesar, al mismo tiempo que recitaba unas palabras en susurros inentendibles.

El joven Dante, con su voz temblorosa, exigió a la anciana que se identificara.

—¿Quién eres? ¡Contéstame! —gritó con valentía.

—La segunda anciana, la segunda en nacer y la segunda en caer —respondió con firmeza, pero Dante no iba a detenerse allí, tenía información de que uno de los consejeros había traicionado a la ciudad, y estaba decidido a descubrir la verdad.

—Serás tú quien me informe sobre el traidor —ordenó Dante con determinación.

La anciana comenzó a hablar, pero el animal que tenía en sus manos chillaba cada vez que ella abría la boca.

—Solo eres un niño tonto —dijo la consejera con desprecio—. La luna ha dejado de brillar como antes. La fuerza de nuestro recinto hace mucho que dejó sus días de esplendor. Todos los que hemos luchado, resistido y visto la gran ciudad en sus mejores días, perdimos todo lo que teníamos. Ningún hombre común me dará órdenes.

Dante se dio cuenta de que la ciudad estaba en peor situación de lo que imaginaba.

—Veo que hemos estado muy ausentes —dijo el joven con tristeza—. Jamás debimos dejar nuestro lugar en el trono, y tú nunca debiste dejar de ser una consejera leal.

La consejera, enfurecida, torció la cabeza del animal y lo mató en el acto.

—¿Te atreves a venir a nuestra ciudad y poner en riesgo a todos? —gruñó con desprecio.

—Los hombres menores siempre han sido tan soberbios, tan inútiles, tan... ordinarios. Tu sangre ha sido diluida al pasar de los milenios, y ya no alberga poder.

Dante no se dejó intimidar por las palabras de la anciana y le exigió respuestas.

—¿Quién es el traidor? ¿Por qué se han unido a Seth? ¿En qué momento dejaron atrás la sabiduría por una maldición? —preguntó con valentía.

La consejera abrió los brazos, mostró su báculo y una espada.

—Esas son muchas preguntas, *Su Majestad* —dijo con una risa malvada—. Tendré que contestarlas cada vez que te mutile una extremidad.

La anciana atacó a Dante con fuerza y velocidad. Sus golpes eran poderosos e incluso lograron desintegrar parte de la armadura del joven con sus hechizos. Pero Dante no se rindió, saltó hacia atrás y tomó su postura de combate, preparado para un enfrentamiento épico. La anciana, con una postura enigmática e indescifrable, respondió a la primera pregunta de Dante.

—El traidor ha estado muy cerca de ti. Lo enviamos para vigilarte y hasta ahora ha estado cumpliendo su cometido, como asesinar a la Hatshepsut —dijo mientras levantaba su báculo. De él emanó un líquido azul que tomó la forma de una lanza gigante, y se abalanzó sobre el joven.

Dante, ágil y hábil, rodó de un lado a otro, esquivando cada golpe con destreza. Mientras continuaba su feroz ataque, la segunda consejera respondió a la segunda pregunta de Dante.

—Seth me ha otorgado poder, uno que había perdido debido a mi avanzada edad. Mi familia será la nueva casa real. Jamás entendí por qué seguían adorando a aquellos que nos dieron la espalda, a aquellos que nos olvidaron y se aliaron con el culto enemigo, entregándole el átomo a los simios sarnosos de la superficie.

Dante saltó sobre la lanza, desviándola con la Espada de Horus. Saltó sobre ella, y cortó el báculo de la anciana cerca de la empuñadura. Luego le propinó una patada en la cara, revelando así su rostro, corrompido por una antigua magia oscura. De su boca fluía un líquido fantasmal verde, y sus ojos brillaban con el mismo tono.

—Estás equivocada: jamás les dimos la espalda. Podría decir lo mismo de ustedes, que permitieron que mi familia sufriera de maneras inimaginables. Pero ahora estamos de regreso, y es para quedarnos. Aún no entiendo del todo el significado de la sangre real, pero no defraudaré a mi gente ni a mis ancestros —afirmó Dante apuntando su espada hacia la anciana, quien yacía en el suelo, jadeando y escupiendo un líquido verde—. Tienes una última oportunidad para rendirte, si lo haces, perdonaré tu vida —sentenció con determinación.

La tercera pregunta fue respondida con soberbia, acompañada de desesperanza y la mención de la muerte de muchos atlantes, lo cual los había llevado a esa situación. Al mismo tiempo, su espada se abrió en múltiples filos en forma de abanico y se lanzó contra Dante con ferocidad.

—Has elegido la muerte. En nombre de todos tus hermanos atlantes, en justicia del Universo y su infinita sabiduría, te otorgaré una muerte rápida. Considera esto como un acto de piedad, algo de lo que has carecido en tus últimos años de vida —dijo Dante mientras cargaba contra la anciana.

Dante, con la mirada fija en los ojos de su enemiga, esquivó el ataque y contraatacó con un golpe de puño tan descomunal que la cabeza de la anciana salió despedida hacia el fondo de la cascada, emitiendo un repugnante sonido de huesos y carne al romperse. A lo lejos, Dante divisó a Enzo corriendo y saliendo de la sala del consejo. Un escalofrío recorrió su espalda al darse cuenta de que Enzo era el traidor que habían estado buscando.

La urgencia de tomar acción se apoderó de él, ya que Enzo tenía información clasificada del Deep-End y todos sus secretos. Dante abandonó el recinto y desapareció de los radares de sus superiores durante varios días. Nadie sabía con certeza qué había hecho en ese tiempo, pero se rumoreaba que había ayudado a sus ciudadanos a recuperarse.

Su actuar había sido en beneficio de su pueblo, pero ahora enfrentaba la dolorosa verdad: Enzo había traicionado su confianza, y estaba en posesión de información valiosa que podría tener consecuencias devastadoras.

Una marea, Dante salió de su retiro. La curiosidad lo impulsó a preguntar a dónde habían llevado al Kraken Mayor. Un soldado respondió con voz sombría:

—El primogénito de Seth es tan antiguo que tiene su propia prisión en la antigua ciudad: una cúpula con cadenas colosales, en el centro del Concilio. Cuando la veas, la reconocerás.

Dante se dirigió hacia aquel recinto, donde a cada paso seguía viendo a heridos, y soldados caídos, siendo velados por sus compañeros en lágrimas. Alrededor de la bestia se encontraban sillas que pronto se fueron llenando de altos mandos del Core.

—Este ataque es prueba de que hemos perdido la batalla —comentó un miembro del Consejo—. La batalla la ganamos, ¿pero a qué costo? —dijo otro miembro con pesar.

—Se ha perdido toda esperanza ahora que Hatshepsut ha caído. El ser más puro en este planeta ya no puede protegernos. ¿Qué pasará con la superficie? Primero caerán ellos y luego nosotros. Nuestra seguridad está comprometida, no podemos negar lo que nuestros miembros de inteligencia nos han comunicado. Exijo una solución inmediata, de lo contrario nuestras mareas estarán contadas —informó una consejera real con angustia.

—No hay duda de que la última batalla está cerca, pero no se atreverían a atacarnos. Los cuerpos de los humanos menores no soportan la presión aquí abajo y la columna de la vida no fue completamente destruida. Seth tiene muy malos recuerdos de ese lugar sagrado. Eso nos da algunos meses, e incluso años de protección —informó el consejero principal.

Después de muchos debates, discusiones y arrebatos, los miembros del Consejo fueron interrumpidos por Dante, quien abrió el portón con sus heridas mal tratadas debido a su autodestierro en las sombras. Se acercó al centro del recinto, lo cual generó todo tipo de susurros y comentarios del Consejo.

—¿Qué significa esta interrupción? ¿Quién osa perturbar este recinto sagrado dedicado a la desesperación? —preguntaron con indignación.

Dante no contestó hasta que llegó al centro, cerca del kraken.

—Soy Dante Nikolaidis, descendiente de los lllustratus —anunció con autoridad el joven líder, mientras los consejeros murmuraban en la oscuridad—. Sé que no me aceptan como su emperador, pero mi palabra es ley y no admite discusión. ¿Quién estaría dispuesto a liderar a seres tan pesimistas y negativos? Pero ese es mi deber —continuó, su voz llena de desdén hacia aquellos que lo rodeaban—. Tienen una victoria frente a ustedes y son incapaces de valorarla o analizarla. Habrá cambios en este lugar, he investigado sus leyes y, al pasar la Prueba de la Información, puedo convertirme en emperador. Sé lo que debo hacer, y todo lo que ha ocurrido en estas semanas no será olvidado. Iré a la madriguera del Kraken a recuperar mi corona —proclamó Dante con firmeza, respaldado por su escuadrón de élite comandado por Ángela—. Sospecho que hay uno o varios traidores en este recinto, así que vean esto desde la primera fila —añadió Dante, acercándose al Kraken. Dante subió los escalones, hasta que llegó a su frente y declaró—: Por el poder que me ha sido otorgado por el Concilio Astral que nos cuida en todo el Universo, y por el poder de su líder, te sentencio a morir... y que ellos tengan piedad de ti.

Con estas palabras, Dante clavó la Espada de Horus en la frente del Kraken, matándolo al instante.

De los ojos de la criatura emanó una luz blanca que cegó a todos los presentes. Y Seth, en su trono debajo de la ciudad de París, rompió una copa de vino que tenía en su mano izquierda de pura furia. Su mayor enemigo había acabado con la vida de su primogénito.

¡ENCUÉNTRAME EN MIS REDES SOCIALES!

Instagram: c.valdesmusic

Facebook: carlos valdes

www.ingramcontent.com/pod-product-compliance
Lightning Source LLC
Chambersburg PA
CBHW051129020726
47501CB00005B/1416